DURCHTRIEBENE RACHE

DUNKLE LIEBE IM GEHEIMBUND

ALTA HENSLEY

STASIA BLACK

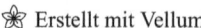 Erstellt mit Vellum

NEWSLETTER

Um über Neuerscheinungen und Buchverkäufe auf dem Laufenden zu bleiben, abonnieren Sie den deutschen Newsletter von Stasia (geni.us/SBA-nw-de-cont) und den deutschen Newsletter von Alta (readerlinks.com/l/727720).

DER ORDEN DES SILBERNEN GEISTES
Lädt hiermit

—————

MR. EMMETT WASHINGTON

—————

Für die Vorbereitung auf das *Aufnahmeritual* am
SAMSTAG, DEM DREIUNDZWANZIGSTEN OKTOBER
Um halb eins in der Nacht
ein.

OLEANDER MANOR
109 Oleander Lane

Anwesenheitspflicht.

KAPITEL EINS

Emmett

Endlich war ich an der Reihe.

Ich hatte geduldig gewartet und zugesehen, wie meine Freunde aus den Reihen der Rekruten vor mir in den Orden des Silbernen Geistes eingeführt wurden. Walker und ich waren die Letzten und ich konnte es kaum erwarten, es hinter mich zu bringen. Es war nicht so, als wäre ich aus denselben Gründen bereit, Teil des Ordens zu werden, wie Montgomery oder Beau es gewesen waren. Ich bin nicht so aufgewachsen, dass ich es kaum erwarten konnte, endlich das richtige Alter zu haben. Ich war nicht wie die anderen Männer vor mir auf diese Aufgabe vorbereitet worden. In meinen Adern floss kein Tropfen blaues Blut. Mein Vater war das erste Mitglied des Ordens in meiner Familie und ich würde das zweite sein.

Junges Blut.

Neues Geld.

Ein Außenseiter, der versucht, zu einem Geheimbund zu gehören, der nur selten neue Mitglieder aufnimmt.

Wobei es für die Ältesten des Ordens schwer gewesen wäre, meinem Papa den Zutritt zu ihrem Klub voller Reicher und Mächtiger zu verwehren. Da mein Vater mehr Geld hatte als viele von ihnen zusammen, konnten sie der Versuchung seiner Mitgliedschaft nicht widerstehen. Meine Familie hat zwar nicht viel Geld geerbt, ist aber durch das Geschäft in der Technologie, genauer gesagt mit Solaranlagen und immer mit der neuesten Technik, unglaublich reich geworden. Unser neues Geld stellte die paar Millionen, die die anderen hatten, in den Schatten. So haben wir uns einfach den Zugang in ihren kleinen Männerklub gekauft.

Wurden wir anders behandelt?

Scheiße, ja, das wurden wir.

Aber mein Vater hat sich seinen Platz und den Respekt der Männer verdient und jetzt ist es an mir, dasselbe zu tun.

Würde ich mich mehr anstrengen müssen als die anderen Rekruten in meiner Gruppe, um zu beweisen, dass ich es verdient hatte, Mitglied des Ordens zu werden?

Davon ging ich aus, aber ich stellte mich gerne der Herausforderung. Tatsächlich hieß ich sie sogar willkommen. Ich hatte vor allen Mitgliedern des Ordens zu beweisen, wie sehr ich in ihre dunkle, kranke Gesellschaft, die sich hinter den dicken Mauern der Oleander Manor, in der es spukte, versteckte, gehörte.

Ich wusste, dass ich Aufgaben bekommen würde. Ich wusste, dass zartbeseelte oder schwache Menschen sie nicht schafften. Und auch wenn die Aufgaben nur von den Mitgliedern gesehen werden durften und ich alle Informationen nur durch Gerüchte und Geschichten meiner Freunde hatte, die es hinter sich hatten, war ich trotzdem aufgeregt wegen der Möglichkeiten. Ich sehnte mich nach dem Schmutzigen, dem Verbotenen und allem, was einen Schritt zu weit ging.

Gebt es mir.

Ich war bereit.

Und als der Glockenschlag ertönte und die Gehstöcke der Ältesten in ihren silbernen Umhängen auf den weißen Marmorboden des Ballsaals schlugen, wusste ich, dass meine Zeit gekommen war.

Ich stand in meinem weißen Smoking vor einer Reihe Schönheiten in Kleidern in den unterschiedlichsten Farben und Schnitten, die eigens für sie gefertigt worden waren. Klassische Eleganz, die ich schon schnell verderben würde. Jede der Frauen sah unschuldig, gut erzogen und perfekt aus. Aber trotzdem... bald, wenn sie ausgewählt würden... wären sie das genaue Gegenteil.

Mir gefiel die Vorstellung wirklich gut.

Vom Beobachten der Männer, die vor mir dran waren, wusste ich bereits, was zu tun war. Ich ging mit einem schwarzen Band in der Hand los, um das glückliche Mädchen auszusuchen, das ich in den nächsten 109 Tagen brechen würde. Die Auswahl war riesig, aber ich wusste, dass ich einzig und allein einer die Perlenkette vom Hals reißen konnte. Nur welcher?

Langsam ging ich die Reihe entlang. Ich hatte nicht wirklich einen Typ, nach dem ich Ausschau hielt. Ich brauchte jemanden, der stark war und auch die mentale Stärke besaß, all das durchzustehen, was die Ältesten uns als Aufgabe stellten. Jede Schönheit, an der ich vorbeiging und die sich weigerte, mir in die Augen zu sehen oder zitterte, fiel sofort durch. Ich liebte unterwürfige Frauen... Aber ich wollte der Mann sein, der sie dazu machte. Ich wollte ihr Feuer bändigen. Es sollte nicht nur glühen, wenn sie bei mir waren.

Und dann sah ich sie.

Wobei... Ich musste zwei Mal hinsehen, denn es schien nicht richtig zu sein.

Bellamy Carmichael?

Was zum Teufel machte *Bellamy Carmichael* hier auf Oleander? Die Schönheiten sollten aus schlechten Verhältnissen kommen und das war bei Bellamy nicht der Fall. Sie war ebenfalls auf der Darlington Prep gewesen. Ein kleines reiches Mädchen, Debütantin, Cheerleader, Prom Queen und eine wirkliche Zicke, die jetzt in einem pinken Ballkleid, das der Prinzessin, für die sie sich selbst hielt, würdig gewesen wäre.

Bellamy fucking Carmichael.

Ihre meerblauen Augen trafen in dem Moment, in dem ich vor ihr stand, auf meine. Ich war im Bilde, dass sie genau wusste, wer ich war, aber mal abgesehen von ihren Augen blieb der Rest ihres Gesichts ausdruckslos. Sie stand aufrecht da, die Schultern nach hinten gedrückt und ich musste zugeben, dass die Jahre, in denen sie für Schönheitswettbewerbe trainiert hatten, sich wirklich ausgezahlt hatten, was ihren Ausdruck und ihre Haltung anging. Ein heftiger Windstoß hätte die Schönheiten neben ihr zu Fall gebracht, aber nicht Bellamy.

Stark. Zumindest erschien sie so.

Ich wollte sie fragen, wieso sie hier war. Ich wollte wissen, wie sie eine der Schönheiten geworden war. Aber ich kannte die Regeln, wir durften nicht miteinander sprechen.

Ich wollte mich umdrehen und Montgomery oder einen der anderen Männer, mit denen ich zur Schule gegangen war, anschauen, um festzustellen, ob sie dasselbe sahen wie ich. Hatten sie Bellamy erkannt? Wir waren schon seit Jahren mit der Schule fertig, aber sie war trotzdem immer noch eine für Georgia typische Southern Belle der Gesellschaft. Sie war auf denselben Partys wie wir, bei Abendessen, bei Benefizveranstaltungen und trotzdem war sie jetzt hier. Konnte das ein Fehler sein? Sie wusste gewisslich, was hier auf Oleander vor sich ging. Sie hatte die Geschichten darüber, was hier unter dem Schleier der Verschwiegenheit beim Orden des Silbernen Geistes vor sich ging. Sie wusste genau, was passieren würde, wenn ich sie auswählte…

Wieso stand sie hier vor mir mit ihrem glänzenden blonden Haar, den in Pink geglossten Lippen und ihrer perfekten Sanduhrfigur, die dafür sorgte, dass ich sie als meine Schönheit wollte?

Oh mein Gott … ihre Mutter. Ihre Mutter würde sterben, wenn sie wüsste, dass ihre liebe Tochter hier im weißen Ballsaal auf Oleander stand. Der Gedanke brachte mir ein Lächeln auf die Lippen. Irgendwie gefiel mir der Gedanke an den Skandal, den das hier bedeuten würde. Ich hätte gelogen, wenn ich gesagt hätte, dass mir die Vorstellung, diese perfekte Erscheinung von Keuschheit, die hier vor mir stand, zu ruinieren, nicht gefallen hätte.

Und dann traf mich mein Minderwertigkeitskomplex wie ein Schlag in die Magengrube. Würde ich mit Bellamy klarkommen? War ich es wert, sie als meine Schönheit zu haben? Es war schließlich Bellamy fucking Carmichael!

Genau wie noch zu High-School-Zeiten. Sie war die Coole und ich war das Gegenteil. Ich hasste sie dafür. Die stille Wut nahm schnell den Platz ein, den mein schwindendes Selbstbewusstsein hinterlassen hatte. Ohne weiter darüber nachzudenken, ergriff ich die Perlen an ihrem Hals und riss sie herab.

Ja, sie würde meine Schönheit sein und ich würde es genießen, sie zu brechen.

Rache. Wenn die Aufnahme vorbei war, hätte ich meine süße Rache an ihr gehabt. Ich hätte nicht nur Rache an ihr, sondern auch an der Vergangenheit genommen. Ich würde sie für all das bezahlen lassen, was sie getan hatte, für all die Momente, in denen ich mich nach ihrer Aufmerksamkeit gesehnt hatte und sie mir nicht einmal einen zweiten Blick geschenkt hatte. Ich würde die Stärke, die sie immer gehabt hatte, nutzen, um mir meinen Platz im Orden zu sichern.

Ja, Bellamy Carmichael war die perfekte Schönheit.

Ich knotete das schwarze Band zu einer Schleife um ihren Hals und hörte: „Emmett Washington, hast du deine Schönheit für das Aufnahmeritual ausgewählt?"

Ich entfernte mich einen Schritt von Bellamy in ihrem perfekten Prinzessinnenkleid, das ich ihr schon bald vom Körper reißen würde, und nickte. „Ich habe meine Schönheit ausgewählt."

Der Klang der trommelnden Gehstöcke erfüllte den Raum und das Murmeln der Mitglieder des Ordens war das letzte, was ich hörte, während Bellamy und ich aus dem Ballsaal geführt und in das Schlafzimmer im ersten Stock geführt wurden, wo meine Entscheidung bestätigt werden sollte. Ich wusste, was ich jetzt zu erwarten hatte.

Wusste Bellamy es?

Wusste sie, dass ich sie ficken würde, während die Ältesten zusahen?

Ich warf ihr einen Blick zu und flüsterte: „Bellamy."

„Emmett", entgegnete sie nur. Sie drehte sich nicht einmal zu mir um.

„Willst du das hier?" Ich musste sie fragen. Ich musste es wissen. „Es ist nicht zu spät, um Nein zu sagen."

Unten waren noch immer Schönheiten, die nun den Ältesten zur Verfügung standen … Ich wusste also, dass ich ein anderes Mädchen würde auswählen können, wenn sie sich nicht traute. Die Realität von dem, was passieren würde, könnte ihr Angst machen und ich wollte ihr eine letzte Möglichkeit geben, die Flucht zu ergreifen, ihren mutigen, aber doch naiven Schwanz einzuziehen und zu gehen.

Es konnte nicht angehen, dass diese Southern Belle

wusste, auf was sie sich hier eingelassen hatte. Nicht komplett.

„Ich wäre nicht hier, wenn ich es nicht wollte."

Und da war sie, die freche Bellamy, an die ich mich erinnerte.

Ich wollte allerdings eine echte Unterhaltung – frech oder nicht. Ich wollte ihr in die Augen sehen, während wir miteinander sprachen. Ich hatte so viele Fragen, aber jetzt hatten wir keine Zeit dafür. Ich wollte mich eigentlich auch nicht darum sorgen, warum sie hier war. Ich wollte sie nicht als mehr sehen als eine Schönheit, die ich benutzte, um meinen Platz im Orden zu sichern. Meine miteinander kämpfenden Gefühle brachten Zweifel mit sich, ob ich die richtige Wahl getroffen hatte. Vielleicht wäre es besser gewesen, wenn ich eine Fremde ausgesucht hätte … Allerdings war die Perlenkette zerrissen. Die Entscheidung war getroffen. Wir bewegten uns und nichts könnte den Fortschritt dieser Nacht mehr aufhalten.

Als wir das Schlafzimmer betraten, das mit den Antiquitäten von Vorfahren, die nicht meine sind und Möbeln mit Erinnerungen an Familien, zu denen meine nicht gehört, schwor ich mir still, dass ich nicht akzeptieren würde, von dieser Frau beeinflusst zu werden. Ich würde nicht wieder der stille und komische Junge werden, der ich in der Schule war. Nicht der, der immer auf das beliebte Mädchen gestanden hatte, das die Flure von Darlington dominiert hatte. Ich würde nicht zulassen, dass ich mich fühlte, als sei ich weniger wert. Ich würde nicht zulassen, dass sie die Macht an sich riss, dass sie die Kontrolle besaß. Nein, ich würde nicht zulassen, auch nur ein kleines bisschen meiner Kontrolle abzugeben.

Es war ein wenig, als hätten die Ältesten meine Gedanken gelesen und das Bedürfnis gehabt, das Ende meines stillen

Schwures zu bestätigen, denn sie schlugen mit den Gehstöcken auf den Boden und riefen: „Lasst das Ritual beginnen."

Ich gab Bellamy die Möglichkeit, einen Rückzieher zu machen, doch sie blieb. An diesem Zeitpunkt hieß es also: Lasset die Spiele beginnen.

Wir gingen auf das Bett zu und die Ältesten stellten sich am Fußende auf, bereit sich alles ganz genau anzusehen. Wirklich krank, aber eine willkommene Herausforderung. Wenn die Wichser mir dabei zusehen wollten, wie ich Sex mit Bellamy habe, dann würde ich ihnen eine einmalige Show bieten.

Ich zögerte nicht. Ich ergriff Bellamys Oberarm und drehte sie um, sodass ich den Reißverschluss ihres hübschen rosa Ballkleids öffnen konnte. Ich konnte nicht länger abwarten zu sehen, ob die nackte Bellamy meinen Fantasien aus High-School-Zeiten entsprechen würde.

Das Kleid ging zu ihren Füßen zu Boden und auch wenn sie hübsche weiße Reizwäsche darunter hatte, hatte ich nicht die Geduld, sie zu bewundern, bevor ich sie wieder zu mir umdrehte und ihr auch die letzten Fetzen Kleidung vom Körper riss. Ich machte einen Schritt nach hinten, damit ich sie in ihrer vollen Schönheit betrachten konnte. Ja, Bellamy entsprach genau jeder Fantasie, die ich gehabt hatte ... Sie war noch viel mehr. Mein Schwanz wurde so hart, dass ich meine eigene Kleidung ausziehen musste, um den Druck loszuwerden. Während all dem stand Bellamy einfach vor mir, wobei ich sie mehrfach dabei erwischte, wie sie den Ältesten Blicke zuwarf, die klar machten, dass sie sich nicht wohlfühlte.

Ja, meine liebe Bellamy, sie werden zusehen.

Ich hätte es langsam angehen und das Mädchen wirklich quälen können, aber mein pulsierendes Glied schrie danach, in sie zu kommen. Langsam würde zu einem anderen Zeitpunkt passieren und das Flackern der Angst in ihren Augen brachte mich dazu, mich ihr gegenüber ein wenig barmherzig zu zeigen. Nur ein wenig ... Ich konnte schließlich auch ein sadistisches Arschloch sein. Besonders im Schlafzimmer.

Gerade als ich im Begriff war, sie wirklich zu nehmen, übernahm Bellamy das Ruder. Sie beugte sich über das Bett, reckte den Hintern in die Luft, sodass ich die Lippen ihrer pinken Muschi sehen konnte, die mich anflehten, meinen Schwanz zwischen ihnen zu vergraben. Die Kontrolle übernehmen – ja genau das war es, was sie tat. Still teilte sie mir mit, dass ich es hinter mich bringen sollte. Ihr stilles Kommando hätte bestraft werden müssen. Bald würde sie lernen, dass ich von niemandem Befehle bekam, egal wie subtil und unglaublich sexy sie waren.

Und ich war nicht *so* gnädig, dass ich sie einfach nehmen und es hinter mich bringen würde.

„Leg dich auf den Rücken", befahl ich ihr, als ich auf sie zukam. „Du kannst deine Titten und deine Muschi nicht vor den Ältesten verstecken. Sie wollen alles von dir sehen."

Als sie sich nicht direkt bewegte, klatschte ich ihr mit der Hand auf den Hintern. Ich schlug sie, weil sie nicht gehorcht hatte und dann drehte sie sich um. Ihre Augen glänzten wegen der Tränen, die sich dort sammelten und ihre Lippe zitterte. Als ich allerdings die Finger an ihre Muschi legte, musste ich lächeln. Meine Südstaatenschönheit war bereits feucht.

„Warum bist du feucht, Schönheit? Liegt es daran, dass so viele Männer dir zusehen, wie du ein ungezogenes Mädchen bist oder das Wissen, was als Nächstes kommt?" Ich schob meinen Finger in ihr Loch, was sie dazu brachte nach Luft zu schnappen und ihren Rücken durchzudrücken.

Sie schloss die Augen und biss sich auf die glossigen Lippen.

„Nein, Bellamy. Lass die Augen auf." Zu diesem Punkt benutzte ich beide Hände und öffnete ihre unteren Lippen, zeigte allen, die zusahen, ihren Kitzler. „Genauso wie deine Lippen gespreizt bleiben werden. Wir wollen, dass alle sehen können, wie feucht du bist."

Ihr Blick fiel auf die Ältesten und dann wieder auf mich. In den blauen Tiefen konnte ich sehen, was sie dachte: „Fick dich!"

„Du wirst das hier nicht ignorieren. Du wirst dich nicht verstecken." Ich ließ von ihren Lippen ab, schob allerdings den Finger wieder in sie. Ich fügte einen zweiten Finger hinzu und begann sie zu nehmen, ihr kleines Loch ein wenig zu weiten.

Ihre Augen schlossen sich und sie stöhnte laut, was mir gut gefiel, auch wenn sie damit meine eigenen Regeln brach.

„Öffne die Augen", verwarnte ich sie erneut und bewegte dabei meine Finger wie eine Schere.

Gehorsam öffnete sie die Augen und ließ sie meinen Blick treffen. Eine einzelne Träne löste sich aus ihrem Augenwinkel. Der Tropfen vermischte sich mit ihrer Mascara und hinterließ einen dunklen Streifen auf ihrem Gesicht. Die schmutze Linie ließ meinen Schwanz vor Erwartung zucken.

„Ich mag es, wenn du weinst, Bellamy. Gerade schmutzige Tränen gefallen mir."

Ich mochte es auch, dass sie nicht versuchte, die Beine zu schließen oder mir Einhalt zu gebieten, während ich sie vor einem Raum voller Zuschauer mit den Fingern nahm. Ich konnte natürlich nicht ihre Gedanken lesen, aber ich konnte viel von ihrem Körper erfahren. Ihre Nässe bedeckte meine Hände und das war alles, was ich wissen musste.

Gott, ich wollte so viel mit ihr anstellen. Ich wollte so viel entdecken. Ich wollte sie schmecken. Ich wollte sehen, wie ihr Körper auf all die sexuellen Gefälligkeiten reagieren würde, die ich ihr erweisen wollte, aber ich wusste auch, dass wir 109 Tage hatten, um absolut jede Grenze zu erreichen. Für den Augenblick musste ich einfach nur so sehr in ihr sein, wie ich meinen nächsten Atemzug brauchte.

Ich ersetzte meine Finger durch meinen Schwanz und stieß mit einem heftigen Stöhnen in sie. Das animalische Verlangen, sie als mein zu markieren, übermannte alle anderen Bedürfnisse. Als ich bis zu meinen Eiern in ihr war, hielt ich inne, nahm ihr Gesicht zwischen die Hände und drehte es, sodass es den Ältesten zugewandt war.

„Sie sie an, während ich dich ficke, Bellamy." Ich begann sie aggressiv zu nehmen, denn ich wollte sie dominieren. „Ich möchte, dass du dich an unsere Zuschauer gewöhnst. Sie werden zusehen, während ich dich zur perfekten Unterwürfigen mache. Sie werden dabei zusehen, wie ich die sture und verwöhnte Debütantin in dir zerstöre."

Ihr Körper schaukelte vor und zurück, während ich sie hart und heftig nahm. Ihre Augen blieben offen, während ich ihren Kopf festhielt und sie zwang, sich der Schande und den Dämonen in ihr zu stellen, von denen ich wusste, dass sie in ihr kämpften. Es war egal, ob es meiner Schönheit gefiel oder nicht, aber sie konnte das Stöhnen, das über ihre geöffneten Lippen kam, nicht unterdrücken. Hinein und hinaus, tiefer und tiefer. Diese Frau würde ganz mir gehören.

Ich vergaß nicht, dass ich Zuschauer hatte und dass das hier eine Show war, also legte ich meinen Oberkörper nicht auf ihren, sodass die Ältesten ihre perfekten Titten mit jedem Stoß hüpfen sehen konnten. Die Bastarde dankten mir besser im Stillen für den Anblick, den ich ihnen bot. Und Gott im Himmel … Bellamy war wirklich eine Augenweide. Wenn man nur vom Aussehen ausging, hatte ich wirklich eine kluge Wahl getroffen. Die Frau war alles, was ich mir erträumt hätte und noch mehr. Große Brüste, runder

Arsch, schöne Kurven und die engste Muschi, die ich je hatte.

Die plötzliche Enge um mein Glied und ein leiser Schrei meiner Schönheit war alles, um meinen eigenen Höhepunkt tief in meinem Inneren zu spüren. Auf das laute Stöhnen, was mir entwich, folgten augenblicklich die Schläge der Gehstöcke, die mich daran erinnerten, wo ich war und was in den nächsten Monaten auf mich zukommen würde. Und auch wenn es für den Augenblick vorbei war ... Ich hatte erst einen kleinen Schluck von Exzess, der hier auf mich wartete, genommen. Ich hatte in jedem Fall vor, beim nächsten Mal einen größeren zu nehmen.

KAPITEL ZWEI

Bellamy

Sobald die Ältesten das Zimmer verlassen und die Tür hinter sich geschlossen hatten, riss ich die Decke über meine Brüste und warf Emmett einen bösen Blick zu. „War das wirklich notwendig?"

Er sah mich kühl an. „Was meinst du?"

Ich blickte ungläubig zurück. Ich hatte eine gewisse Vorstellung gehabt, wie der heutige Abend verlaufen würde.

Ich hatte gewusst, dass er mich aussuchen würde. Vielleicht war es arrogant, das zu sagen, aber die Hälfte der Jungs an der Darlington Prep war damals in mich verliebt gewesen. Und Emmett mit seinen großen Hundeaugen war nicht halb so subtil gewesen, wie er vermutet hatte.

Nicht, dass mir das wichtig gewesen wäre.

Zumindest damals nicht.

Ich war zu sehr darauf fixiert gewesen, alle wissen zu lassen, dass ich bestimmte, was an der Schule passierte. Nach außen hatte alles perfekt wirken müssen, damit niemand auch nur die leiseste Idee von dem hatte, was hinter verschlossenen Türen geschah.

Und Emmett Washington war damals einfach nur ein merkwürdiger Kauz gewesen, vor allem im Vergleich zu den *echten Erben*, die an der Schule den Ton angaben. Er hatte kaum die teure Kleidung, die seine Eltern, die gerade erst zu Geld gekommen waren, füllen können.

Aber der Emmett, der mich gerade durch die Gegend geschubst und solch schmutzige Dinge verlangt hatte, im Tonfall eines Mannes, der es gewohnt war, dass die Leute ihm Folge leisteten … Heilige Scheiße, wo hatte er diese Seite damals versteckt?

Ich richtete mich im Bett auf, sodass ich zu ihm hinabschauen konnte – das war eine typische Carmichael-Angewohnheit. „Ich *meine*, du musstest denen nicht so eine Show liefern." Ich deutete mit der Hand auf die Tür. „Das war nicht anständig. Alles, was wir heute tun mussten, ist miteinander Sex haben. Du musstest es nicht zu einer solchen Vorstellung machen."

Emmett grinste mich einfach nur an und gab sich nicht die Mühe, sich zu bedecken. Die Dicke seines Glieds war nur wenig zurückgegangen und es war obszön groß, wie es da auf seinem Schenkel lag. „Ich glaube nicht, dass du verstanden hast, wie das hier funktioniert, Prinzessin. Ich bin derjenige, der den Ton angibt. Du bist *meine* Schönheit. Du tust das, was ich dir sage."

Ich warf die Hände in die Luft. „Aber du hast dir jemanden ausgesucht, der zumindest eine leise Ahnung davon hat, wie das hier funktioniert. Verdammt noch mal, meine Mutter geht mit den Frauen all dieser Männer zum Mittagessen. Wenn ich ein Mann wäre, wäre ich genau wie mein Vater es gewesen ist, Mitglied *in* diesem Orden!"

Das Grinsen verschwand aus seinem Gesicht und er kam

über das Bett auf mich zu. „Wieso *bist* du dann hier? Und wieso haben sie dich mitmachen lassen. Ich dachte, es sei verboten…" Er grinste wieder und ließ den Blick über meinen Körper schweifen, so als wäre etwas nicht in Ordnung. „… für Mädchen wie dich?"

Ich reckte das Kinn in die Höhe. „Du meinst für Frauen mit Klasse?"

Er warf mir einen bösen Blick zu. „Ich meine für Frauen, die zu arrogant sind, um für die Möglichkeit, die sich ihnen bietet, dankbar zu sein. Zumindest scheint es, als sei das bei dir der Fall. Also sag mir, Bellamy, habe ich einen Fehler gemacht, als ich dich ausgewählt habe?"

Ich schaute ihn ebenso böse an. „Du weißt genau, dass du das nicht getan hast." Mein Lächeln wurde ein wenig verächtlich. „Schließlich war ich da." Ich deutete auf das Bett unter uns. „Du scheinst ziemlich zufrieden mit deiner Wahl gewesen zu sein."

Sein Blick wurde kalt und berechnend und er erinnerte mich an eine Schlange, als er mich ansah. „Du ebenfalls. Bist du deshalb freiwillig als Schönheit hier? Damit du heftig und schmutzig genommen werden kannst wie eine Schlampe? Ich wette, wenn ich jetzt zwischen deine Beine fassen würde, wärest du noch immer feucht und bereit, es noch einmal zu tun."

„Wovon träumst du nachts, du Hurensohn?"

Er zeigte mir mit dem Finger ins Gesicht. „Das ist deine erste und einzige Warnung. Du wirst mich mit *Sir* ansprechen."

Ich lachte. Ich konnte nicht anders. Aber das konnte ja wohl nicht sein Ernst sein.

Aber er lachte nicht … Er lächelte nicht einmal.

„Das ist kein Spaß", stellte er klar. „Wenn wir das hier machen, dann auf meine Weise. Ansonsten kannst du deinen hübschen, rosa Hintern die Treppe herunter und aus der Tür schwingen."

„Aber", warf ich ein. „Nirgendwo in den Regeln steht, dass ich dich…"

„Das sind meine Regeln. Die Regeln besagen, dass die Schönheit hier ist, um dem Anwärter alle Wünsche zu erfüllen."

Einen Augenblick lang stand mein Mund einfach offen. Ich hatte schon vor Jahren in Form von Gerüchten vom Aufnahmeritual gehört und so etwas hatte ich bisher noch nie vernommen. „Also was?", fragte ich. „Du möchtest, dass ich rund um die Uhr deine Sklavin bin?"

Wenn ich ehrlich bin, hätte ich wohl in dem Moment, in dem ich das freudige Leuchten in seinen Augen gesehen habe, die Flucht ergreifen sollen.

„Genau das soll es heißen", sagte er und gab nicht einen Zentimeter nach.

„Aber…"

„Kein Aber", unterbrach er mich.

„Das ist nicht fair!", rief ich.

Das brachte ihn zum Lachen und es war kein freundliches oder fröhliches Lachen. Er kam mir nah und ergriff mein Kinn. Es war nicht schmerzhaft, aber sein Griff war fest.

„Glaubst du wirklich, dass das Leben fair ist, Prinzessin?" Er schüttelte den Kopf und ich hatte seine Augen noch nie zuvor so dunkel gesehen. „Nun, das ist dein erster Fehler. Du gehst wirklich davon aus, dass es fair ist, dass du mit einem goldenen Löffel im Mund geboren bist, während jemand wie meine Mutter nichts hatte? Du glaubst, dass es fair ist, dass all die anderen Frauen, die mit dir um diesen Platz gekämpft haben, den Preis am Ende mehr brauchen, als du es jemals könntest, aber ich dich trotzdem ausgewählt habe? Findest du, dass es fair ist, dass

Menschen auf diesem Planeten jeden Tag verhungern und an Krankheiten sterben, während du wirklich *keinerlei* Sorgen hast?"

Er war mit jedem Wort näher an mich herangekommen und hielt mein Kinn noch immer fest. „Wach auf. Du wirst jetzt einen Crash-Kurs in Sachen Fairness von mir bekommen, Prinzessin. Das Leben ist nämlich verdammt noch mal nicht fair."

Ich riss mich von ihm los, aber er grinste nur.

„Wieso bist du so hasserfüllt?", fragte ich ihn. Ich wollte ihn schubsten, ihn schlagen. Ich wollte ihm so weh tun, wie seine Worte mir wehgetan hatten.

Er dachte, dass er mich kannte, nur weil er mich jahrelang aus der Ferne in der High-School beobachtet hat? Scheiß auf ihn. Er kannte mich überhaupt nicht. Keiner von ihnen kannte mich.

„Ich bin nicht hasserfüllt, Prinzessin."

Ich warf ihm einen bösen Blick zu. „Hör auf mich so zu nennen."

„Prinzessin. Ich werde dich so nennen, wie ich möchte. Und du wirst deinem Herrn gehorchen, nicht nur unten während der Rituale, sondern auch den Rest der Zeit."

Er hatte komplett den Verstand verloren. Er musste den Verstand verloren haben, wenn er dachte…

„Du bist diejenige, die hier aufgetaucht ist, obwohl sie hier nicht hingehört, *Prinzessin*. Wenn du meinem Vertrag nicht zustimmst, dann wirst du die Treppen hinabgehen und nach Hause gehen müssen."

Er sollte zur Hölle fahren.

Zur verdammten Hölle.

Er hatte mir die Pistole auf die Brust gedrückt und er wusste es ganz genau, auch wenn er die Details nicht kannte.

Ich dachte wieder an die Hochzeit, wo mir idiotischerweise dieser Plan eingefallen war. Okay, nun, eigentlich war nichts von all dem meine Idee gewesen.

Es war die Idee meiner Mutter gewesen, die das Vermögen der Familie retten wollte.

Aber ich hatte mich idiotischerweise für Emmett entschieden. Ich hatte gedacht, dass er von den beiden Junggesellen, die noch übrig waren, die einfachere Wahl gewesen wäre.

Ha.

Hahahaha. Ich starrte den dunkeläugigen Mann vor mir an. Die Hölle würde zufrieren, bevor dieser sture Bastard, der wollte, dass ich seine Sklavin bin, es sich anders überlegte.

Eine Sklavin? Irgendwie hatte er schon recht. Ich bin mein ganzes Leben verwöhnt worden und das, was er von mir wollte… Nun, was wollte er eigentlich?

„Was meinst du mit Vertrag?", fragte ich. Ein guter Verhandler traf nie eine Entscheidung, bevor er alle Fakten kannte.

„Wir sprechen darüber, wie weit wir gehen können, was du tun wirst und was nicht. Ich werde dir sagen, was ich erwarte, wenn du mir die Macht überträgst."

Sein Tonfall hatte sich komplett geändert. Er war wie ein Jurist, der bei einem Meeting die Klauseln besprach. „Wenn es etwas gibt, was du absolut nicht tun möchtest, egal ob sexuell oder sonst, dann reden wir darüber und verhandeln. Du wirst ein Safeword haben, womit du immer aufhören kannst, wenn du das Gefühl hast, dass es zu weit geht. In dieser Situation allerdings, anders als bei einer echten BDSM-Dynamik, heißt das Safeword, dass du die Villa und das Aufnahmeritual abbrechen wirst. Das heißt, dass es für uns vorbei ist."

Es dauerte eine Weile, bis ich etwas sagen konnte.

„Wieso willst du das Aufnahmeritual noch schwerer machen, als es sowieso schon ist? Möchtest du es nicht bestehen und Mitglied im Orden des Silbernen Geistes werden?"

Emmett zuckte mit den Schultern. „Das möchte ich. Ich möchte es allerdings auf meine Weise tun. Ein Teil davon ist, dass du den Vertrag unterschreibst und ich Vertrauen zu dir als Sklavin aufbauen kann. Ich sollte niemals so weit gehen, dass du das Safeword überhaupt benutzen willst, aber ich *werde* dich an den Rand bringen. Ich habe vor, den Ältesten zu zeigen, dass ich genau das bin, was sie von einem Rekruten erwarten und noch mehr. Das kann ich nur durch dich."

Ich atmete hörbar auf. Gott im Himmel, in welche Lage hatte ich mich bloß gebracht?

Bevor ich allerdings länger darüber nachdenken konnte, stand Emmett noch immer genauso, wie Gott ihn geschaffen hatte auf, und ich musste zugeben, dass er so schön war wie ein Gott. Harte Muskeln und ein fester Hintern.

Ich riss meinen Blick von ihm, bevor er mich beim Starren erwischte. Kurze Zeit später kam er zurück ins Bett und er hatte tatsächlich einen Vertrag. Er hatte keine Späße gemacht.

Es waren auch nicht nur eine Seite oder zwei. Es war ein ganzer Hefter. Mit Inhaltsverzeichnis.

Ich machte große Augen, als Emmett sich neben mich setzte und anfing, ihn durchzublättern und in derselben Tonlage wie zuvor zu sprechen.

Definitionen. Ziele. Die Rechte und Pflichten des Herren.

Als wir zu den Pflichten und der Zugänglichkeit der Sklavin kamen, wurde es allerdings *wirklich* interessant. Die Sklavin sollte dem Herrn entsprechend dieser Vereinbarung immer zur Verfügung stehen. Vierundzwanzig Stunden am Tag. Ich schluckte allein beim Gedanken daran. Konnte ich das machen? Konnte ich ihm die Kontrolle über mein Leben geben? Über jede Minute? Für drei Monate?

Nun, eigentlich war das sowieso das, was ich erwartet hatte. Ich war nur davon ausgegangen, dass ich auf unserem Zimmer ein wenig Zeit für mich haben würde. Ab und an.

Aber vielleicht wäre es besser so. Wäre es nicht … Interessant und abwechslungsreich, sich für drei Monate über *nichts* Sorgen machen zu müssen? Jemand anderen zu haben, der all die Entscheidungen trifft und die Verantwortung übernimmt?

Ich kniff die Augen zusammen und sah Emmett an.

Dieser las Sexpositionen, Spielzeuge und Vorlieben vor. Einiges davon brachte mich zum Staunen.

Die Vorstellung, gefistet zu werden, war ein klares Nein. Nein, danke. Nächster.

Er verdrehte die Augen, versuchte aber nicht, mich zu überzeugen. Gott im Himmel, hatte er tatsächlich…

Ich wollte gar nicht daran denken. Weiter im Text, immer weiter.

Ich musste ihn bei einigen anderen Begriffen nach der Bedeutung fragen. Jeder überraschte mich mehr als der Vorherige. Ich war immer davon ausgegangen, dass ich recht experimentierfreudig war, wenn es um Sex ging, aber im Vergleich zu dem, was er hier beschrieb, fühlte ich mich plötzlich wie das Mädchen aus der Kleinstadt, was ich ja tatsächlich auch war.

Es gefiel mir nicht.

Und mir gefiel besonders der Absatz nicht, der unter dem Titel **Bestrafungen** dargelegt worden war.

„Ähm, Entschuldigung?", begann ich. „Bestrafungen? Ich bin kein Kind."

Er zog eine Augenbraue hoch. „Sklavinnen, die sich zickig verhalten, werden bestraft."

„Zickig verha...", ich brach ab und fühlte, wie ich rot wurde.

„Widerworte geben. Nicht direkt gehorchen. Meine Geduld auf die Probe stellen. Nicht den Ansprüchen entsprechen..."

Ich verdrehte die Augen. Emmett streckte die Hand aus und legte sie mir in den Nacken, sodass ich ihm in die Augen schauen musste. Wir waren Nase an Nase. „Die Augen verdrehen", sagte er mit leisem Knurren, was aus mir unerklärlichen Gründen dazu führte, dass meine Nippel hart wurden.

Ich wollte ihn wegstoßen, aber ich tat es nicht. Ich biss die Zähne zusammen und fragte: „Und, wie gestalten sich diese *Bestrafungen?*"

Ein böses Grinsen erschien bei der Frage in seinem Gesicht. „Das wirst du schon noch rausfinden, Prinzessin. Du wirst es sehen. Unterschreibst du nun den Vertrag oder gehst du jetzt?" Er reichte mir einen Stift, den er wie ein Magier von irgendwo hergezaubert hatte.

Ich schluckte und atmete so leise ich konnte aus.

Ich hatte keine Wahl.

Ich nahm den Stift aus seiner Hand und unterschrieb an der gekennzeichneten Stelle auf der letzten Seite neben seiner ordentlichen Unterschrift.

Wieso hatte ich das Gefühl, soeben mein Leben, meine Würde und meine gesamte Zukunft verkauft zu haben?

KAPITEL DREI

Emmett

Ich mochte es schon immer, morgens eine Sklavin im Bett zu haben. Verwuschelte Haare, verschmiertes Make-up und der Geruch vom Sex der Nacht davor sind meine Droge. Aber nicht an diesem Morgen. Ich ließ die Finger von Bellamy … fürs Erste. Wir würden in der folgenden Nacht zweifelsohne mehr als genug Zeit dafür haben, aber heute Morgen war ich mehr daran interessiert, sie zu beobachten, mehr zu erfahren, jede ihrer Bewegungen zu beobachten, damit ich in der Zukunft wusste, wie ich mit ihr umgehen musste.

Das Erste, was mir auffiel … Sie war schüchtern. Zumindest was ihren Körper und ihr Aussehen anging. Ihre erste Handlung am Morgen war es gewesen, ihre Nacktheit zu verstecken, was mir nicht entgangen war. Sie war nicht geschminkt wie die perfekte Barbiepuppe und es war offensichtlich, dass sie sich so natürlich nicht wohlfühlte. Der Moment, in dem sie nach einer unglaublich langen Dusche und was sie sonst noch immer hinter der verschlossenen Tür getan hatte, wieder herauskam, war der, in dem sie ihr Selbstbewusstsein zurückerlangt hatte. Es war fast, als hätte sie ihre Kriegsbemalung aufgelegt und wäre nun bereit für die Schlacht.

Ich konnte mich daran erinnern, dass sie immer gerne mit Menschen zusammen gewesen war und viel geredet hatte. Die Frau wusste, wie man den Raum auf einer Party in seinen Bann zog, genau wie es von einem Sternchen der Südstaaten erwartet wurde. An diesem Morgen allerdings war sie sehr still. Sie sagte ein paar Worte zu mir und schien einfach jede meiner Bewegungen zu beobachten. Ich hatte keinen Zweifel daran, dass sie mich genauso unter die Lupe nahm, wie ich sie.

Als wir uns im Esszimmer setzten, einander gegenüber an einem extrem langen Tisch, lieferten wir uns einen Kampf mit den Blicken, während wir darauf warteten, dass Mrs. H uns das Frühstück brachte.

„Hast du gut geschlafen?", fing ich schließlich an, denn ich hatte das Gefühl, dass sie darauf wartete, dass ich etwas sagte.

„Nein", sagte sie nur und hielt noch immer meinem Blick stand. „Ich weiß nicht, wie ich das hätte tun sollen, wenn man bedenkt, dass wir uns das Bett geteilt haben – deinen Wünschen entsprechend nackt."

„Ich hätte dich fesseln oder bei meinen Füßen schlafen lassen können. Ich hätte den Käfig hereinbringen lassen können und du hättest als mein Tier darin schlafen können", warf ich mit einem bösen Grinsen ein. „Du hattest also Glück und solltest dankbar dafür sein, mit mir im Bett schlafen zu dürfen und dass ich lediglich von dir erwartet habe, dass du nackt bist."

Sie sagte nichts weiter und verzog einfach das Gesicht.

Offensichtlich würde das hier ein Willenskampf werden.

Ich konnte die Wut hinter ihren blauen Augen kochen sehen. Diese Frau würde eine Herausforderung sein, aber irgendwie brachte dieser Gedanke meinen Schwanz zum Zucken.

Mit einem Lächeln im Gesicht betrat Mrs. H das Esszimmer. „Was wollt ihr zum Frühstück haben?"

„Ich hätte gerne Rührei, Toast und eine Schale Obst", erklärte ich. „Und schwarzen Kaffee, bitte."

Mrs. H nickte und schaute dann Bellamy an. „Und du?"

„Sie nimmt dasselbe wie ich", bestellte ich für sie.

Bellamy warf mir böse Blicke zu und öffnete den Mund, um selbst eine Bestellung aufzugeben. „Ich hätte gerne Kaffee und etwas Obst", widersprach sie und sah mich genervt an.

„Sie wird genau das nehmen, was ich bestellt habe", erwiderte ich. Ich zog die Augen zusammen und spannte die Muskeln in meinem Kinn an. Ich mochte es nicht, herausgefordert zu werden, besonders nicht vor anderen.

Mrs. H sah mich an und schüttelte den Kopf. „Emmett, reicht es nicht, wenn du bei den Ritualen dominant bist?"

„Sie wird das nehmen, was ich bestellt habe. Das ist mein letztes Wort."

Bellamy rutschte auf ihrem Stuhl hin und her und mir war klar, dass mein Blick dafür sorgte, dass sie sich unwohl fühlte. Das war gut. Das hieß, dass sie nicht blöd war und wusste, dass sie für ihre Sturheit bestraft werden würde.

„Ich werde das nehmen, was er nimmt", erklärte Bellamy schließlich leiser, aber sie drückte ihre Wirbelsäule durch und hob das Kinn, so als könne sie damit eine Art gemeine Macht nutzen.

Mrs. H grinste und schüttelte den Kopf. „Das macht ihr besser unter euch aus. Ich habe keine Lust, bei jedem Essen Teil eurer Spielchen zu werden." Sie drehte sich zu mir um und zeigte auf mich. „Und glaube ja nicht für eine Sekunde, dass du *mir* Befehle erteilen kannst."

Ich schenkte ihr ein Lächeln und nickte. „Das würde ich niemals denken. Danke, Mrs. H."

Sie ging, um unser Frühstück zu machen. Ich atmete tief durch und erlaubte der erdrückenden Stille, einen Moment lang Eindruck auf Bellamy zu machen. Vielleicht erwartete sie, dass ich sie tadeln oder vielleicht sogar anschreien würde, denn ihr Körper spannte sich an. Mein Blick allerdings sagte alles: Ich wusste, dass ich die Macht hatte, selbst die entschlossenste Person in einem Business-Meeting mit meiner Intensität, die ich ausstrahlte, in die Knie zu zwingen. Bellamy schien sich gegenwärtig nicht wohlzufühlen und mein Schweigen verschlimmerte die Situation am Tisch nur.

„Ich wollte keine Eier und keinen Toast", sagte sie schließlich.

„Ich hatte nicht danach gefragt."

„Du musst nicht für mich bestellen."

Ich lehnte mich in meinem Stuhl zurück und verschränkte die Arme vor der Brust. „Zieh dein Höschen aus", verlangte ich von ihr mit fester, aber ruhiger Stimme.

Ihre Augen weiteten sich. Ihr Mund öffnete sich, schloss sich und öffnete sich erneut. „Wie bitte?"

„Ich habe gesagt, dass du dein Höschen ausziehen sollst."

Ihr Blick ging zur Tür, durch die Mrs. H gegangen war und dann wieder zu mir. „Wieso zum Teufel sollte ich das tun?"

„Bellamy", sagte ich und die Warnung in meiner Stimme übertrug sich auf jede Silbe ihres Namens. „Ich werde es dir noch einmal sagen: Zieh dein Höschen jetzt aus. Wenn du nicht tust, was ich sage, werde ich aufstehen, zu dir herüberkommen und es dir selbst ausziehen. Wenn ich das tun muss, wird das allerdings Konsequenzen haben."

Ihre Wangen wurden rot, während sie sich auf die Lippe biss. „Emmett, ist das wirklich nötig?" Ich begann aufzustehen, aber sie bedeutete mir schnell, dass ich mich wieder setzen solle. „Okay, okay", sagte sie schnell.

Sie warf noch einen Blick zu Tür und ließ die Hände unter den Tisch fallen. Sie schob das Kleid nach oben und zog ihr Spitzenhöschen an die Knöchel herab, bevor sie sich herabbeugte und es auszog, so wie ich es von ihr verlangt hatte.

Sie hob es in die Luft und ließ es vom Zeigefinger hängen, bevor sie fragte: „Und was soll ich jetzt damit tun, allmächtiger Herr?"

Ihr neuer Mut und ihre Frechheit machten es schwer für mich, nicht zu kichern, aber ich biss die Zähne zusammen, um gegen das Bedürfnis anzukämpfen.

„Leg es neben die Serviette auf den Tisch. Es soll das Frühstück über dort liegen als Erinnerung daran, wie du dich verhalten solltest. Ich toleriere es nicht, vor anderen infrage gestellt zu werden. Wenn ich für dich bestellen möchte, wenn ich mich um meine Sklavin kümmern möchte und wenn ich derjenige sein möchte, der alles bestimmt, was den lieben langen Tag passiert, dann werde ich das tun. Haben wir uns verstanden?"

Sie legte das Höschen ab, aber ich konnte ihr ansehen, dass sie nicht glücklich war – kein bisschen.

„Haben wir uns verstanden?", fragte ich erneut mit Nachdruck. Ich konnte erkennen, dass ich ihr wohl schon sehr bald würde beibringen müssen, was es bedeutete, wenn sie herausfinden wollte, wie weit sie bei mir gehen konnte.

„Ja", sagte sie schließlich. Ihre Augen sagten mir allerdings still, dass ich sie mal am Arsch lecken konnte, während sie es sagte.

„Ja, was?", bohrte ich nach. Den Trotz, den sie ganz

offensichtlich zurückzuhalten versuchte, ignorierte ich einfach.

„Ja, *Sir*", spie sie hervor, in dem Moment, in dem Mrs. H den Raum mit dem langersehnten Kaffee betrat.

Als Mrs. H das Höschen auf dem Tisch entdeckte, schüttelte sie den Kopf, sagte allerdings kein Wort. Still ging sie wieder, um den Rest des Frühstücks zu holen.

„Gehört zu all dem hier, dass du dafür sorgst, dass ich mich schäme?", fragte Bellamy.

„Wenn es notwendig ist", antwortete ich. „Es ist offensichtlich, dass du dein Leben lang verwöhnt worden bist. Du hast nie erlebt, dass jemand dir etwas abschlägt oder über dich bestimmt."

„Über mich bestimmt? Was soll das heißen?"

Ich kicherte und nippte an meinem Kaffee. „Ach, das wirst du schon früh genug herausfinden, glaub mir."

„Und du kennst mich nicht", warf sie ein, während sie die Arme vor der Brust verschränkte und nicht von ihrem Kaffee trank, so als hätte ich ihn versaut, weil ich ihn bestellt habe. „Du kannst dort sitzen und glauben, dass du es tust, aber du hast keine Ahnung, wie mein Leben war oder wie es jetzt ist."

„Ich kenne die Fakten", sagte ich. „Ich erinnere mich nicht nur an das verwöhnte, kleine, reiche Mädchen an der Darlington Prep, aber ich habe dich auch auf den Partys danach gesehen, wie du von einem reichen Mann zum anderen gegangen bist auf der Suche nach Mr. Reich und Mächtig."

Sie konnte ihre Abneigung nicht verstecken. Ich hatte sie wütend gemacht, aber wahrscheinlich war das eben so, wenn man nicht daran gewöhnt war, dass Menschen einem die Wahrheit sagten. Sie war ihr Leben lang von Menschen umgeben worden, die ja sagten und sie behandelten wie einen

Rohdiamanten, was dazu geführt hatte, dass sie ihre Fehler nicht sehen konnte.

Es hatte eine Zeit gegeben, in der auch ich die Makel nicht hatte sehen können. Ihr Glitzern und Glänzen hatten mich geblendet, genau wie alle anderen. Im Gegensatz zu den anderen war nicht von Geburt an im System der Darlington Prep School gewesen. Ich war in der achten Klasse aus Kalifornien dorthin gekommen. Wir waren nicht immer reich gewesen, aber mein Vater hatte wirklich Glück, als er seine Firma selbst aufgebaut hatte.

Er hatte mit Solarenergie angefangen und war dann ist die Branche der elektrischen Fahrzeuge gegangen, danach hatte ihn nichts mehr stoppen können. Inzwischen bauten wir Raketen und waren Teil des Rennens ums All. Er war einfach nur weniger arrogant als die anderen Milliardäre dort draußen, die echte Arschlöcher waren, und er hatte kein Interesse daran, in den Medien zu stehen.

Als wir allerdings hergezogen waren, war er noch dabei, alles aufzubauen und erst am Anfang seines Siegeszugs in der Elektromobilität. Deshalb waren wir überhaupt hergezogen. Er hatte eine Fabrik außerhalb von Atlanta gebaut. Der Orden des Silbernen Geistes hätte ihn fast nicht aufgenommen und nur seine großzügige Spende führte dazu, dass der Geheimbund zustimmte.

Es war zu allen Zeiten schwer für mich gewesen, dazuzugehören. Montgomery und die anderen Jungs hatten mich ihre Gruppe aufgenommen, aber es war offensichtlich, dass ich noch immer ein Außenseiter war. Ich war ein dürrer Kerl aus Kalifornien, der noch nicht einmal im Stimmbruch war. Ich mochte Mathe lieber, als Footballspiele zu schauen oder Videospiele zu spielen. Ich war einfach nur ein Anhängsel, aber wir alle hatten so getan, als sei das nicht der Fall und wir hatten so gut gespielt, dass ich fast hätte vergessen können, dass es das Geld meines Vaters war, dem ich diese Freund-schaften zu verdanken hatte.

Nur, dass das nicht ging, wenn es um Bellamy Carmi-chael ging. Sie war wunderschön, beliebt, das Mädchen, dass alle Mädchen sein wollten und alle Jungs ficken wollten. Und sie war unantastbar. Sie ging nur mit Seniors aus und als wir endlich Seniors waren, datete sie Jungs, die im College waren. Sie hatte den Jungs an unserer Schule nicht einmal einen zweiten Blick geschenkt, auch wenn sie mit uns herumhing.

In der High-School waren die Jungs und ich echte Freunde geworden. Ich hatte akzeptiert, dass die fünf einander immer näherstehen würden als mir. Das war nicht zu ändern, schließlich kannten sie sich von Geburt an. Ich war erwachsen geworden und ging sogar auf Dates.

Nachdem mein Dad einen Vertrag mit der NASA abge-schlossen hatte, hatte ich noch mehr Selbstbewusstsein und nahm endlich den Mut zusammen, mit ihr zu sprechen. Bell-amy. Die Göttin, die ich die letzten fünf Jahre verehrt hatte. Sie saß jeden Tag mit uns beim Lunch und sagte nie etwas zu mir. Um fair zu sein, musste ich allerdings zugeben, dass auch ich nie mit ihr gesprochen hatte.

Aber nun war meine Zeit gekommen.

Sie hatte gerade ausführlich davon berichtet, dass sie mit ihrem letzten Freund Schluss gemacht hatte. Und Prom war drei Wochen später.

Es hieß jetzt oder nie.

Es klingelte, was hieß, dass die Mittagspause vorbei war. Ich ließ mein Tablett auf dem Tisch stehen und lief darum, um Bellamy abzufangen, bevor sie zu ihrer nächsten Stunde ging. „Hey, Bellamy", sagte ich und schluckte schwer. Gott im

Himmel, wieso war mein Mund plötzlich so trocken? Ich konnte mein Herz in meinen Ohren schlagen hören.

Sie hielt inne, sah mich an und holte ihr Handy heraus, um zu sehen, ob sie neue SMS hatte.

„*WillstdumitmirzurPromgehen?*"

„*Was?*" Sie sah von ihrem Handy auf.

Ich hustete und räusperte mich. „*Der Tanz. Ähm, Prom. Willst du hingehen? Mit, ähm ... mir?*"

Sie neigte den Kopf und sah sich mit großen Augen um. Einige Leute beobachteten uns. Scheiße. Ich hatte nicht damit gerechnet, dass wir Zuschauer haben würden. Das hier war einfach nur der Zeitpunkt, zu dem ich wusste, dass ich sie abfangen konnte.

Ich öffnete den Mund, um noch etwas zu sagen. Vielleicht wollte ich mich entschuldigen, dass ich sie gefragt hatte oder ihr sagen, wie lange ich sie schon mochte und dass ich sie besser kennenlernen wollte. Dass ich sie sah. Dass sie zwar meistens lächelte und allen eine großartige Show bot, aber dass ich die Traurigkeit in ihren Augen sah, dass ich sah, wie verloren sie aussah, wenn sie sich unbeobachtet wähnte.

Ich wollte ihr sagen, dass ich es verstand, dass ich mich manchmal auch so fühlte. Ja, mein Vater war supererfolgreich, aber ich kannte ihn kaum, weil er so oft unterwegs war.

Was immer es war, was ich hatte sagen wollen, es blieb aufgrund des hysterischen Lachens, das sie schließlich von sich gab, in mir.

„*Zur Prom gehen? Mit dir?*" Sie sagte es so laut, dass alle Schüler, die noch nicht geschaut hatten, nun auch zu uns herüber sahen. Es war wie bei einem Autounfall.

Und genauso hatte es sich angefühlt. Ihre Worte trafen mich wie ein Lkw, als sich ein grausamer Ausdruck in ihrem Gesicht ausbreitete. Ich wünschte, ich könnte behaupten, dass *sie in dem Moment hässlich gewesen wäre, aber nein, selbst als sie mein Herz in Stücke riss, war sie wunderschön.*

„Meine Großmutter war die beste Freundin der Rockefellers", schnaubte sie und deutete dann hinter mich. „Du weißt schon, dass die nur mit dir befreundet sind, weil dein Vater reich ist, oder? Du hast kein blaues Blut."

„Gott, du musst kein Arschloch sein, Bellamy", sagte Montgomery hinter mir und ich fühlte, dass ich rot wurde, weil mein Freund für mich Partei ergriff.

Bellamy sah ihn nur an und zuckte mit den Schultern. „Tut mir leid, dass ich die Einzige bin, die sagt, wie es wirklich ist." Dann drehte sie sich um und marschierte von uns weg, so als hätte sie mir nicht gerade einen Dolch ins Herz gestoßen.

„Die High-School ist lange vorbei", sagte sie und brachte mich zurück in die Gegenwart. „Ich lebe nicht in der Vergangenheit. Das Mädchen, das ich damals war, hat nichts mit der Frau zu tun, die ich heute bin. Ich hoffe, dass der Junge, der du warst und der mich jeden Tag beim Lunch angestarrt hat, nicht der Mann ist, der mir jetzt gegenübersitzt. Was mein Leben heute angeht … Wenn ich mich recht erinnere, machst du genau dasselbe. Immer umringt von Darlingtons Sternchen, die wollen, dass du ihr Sugardaddy bist. Sitz also nicht einfach da und verurteile mich, wenn du nicht dasselbe mit dir machst. Wir spielen beide ein Spiel, Emmett. Das hier ist Darlington. Das ist, wer und was wir sind."

Nach der High-School bin ich auf die Universität gegangen, festentschlossen ich selbst zu sein. Niemand würde jemals wieder so zu mir herabschauen, wie sie es an jenem Tag getan hatte. Sie konnten es versuchen, aber ich hatte erkannt, was mein Wert war und meinen Platz in der Welt gefunden, während ich von hier fort gewesen war. Und dann war ich nach Darlington zurückgekehrt, um den Platz, der mir zustand, auch hier einzunehmen.

Meine Hand wollte nichts mehr, als auf ihren blanken Hintern zu schlagen und ihr zu zeigen, was für eine Art *Mann* ich geworden war. Bellamy hatte allerdings Glück, denn Mrs. H kam mit dem Frühstück herein.

Es war, als konnte Mrs. H die Anspannung im Raum fühlen, denn sie servierte die Mahlzeit schnell, ging herüber zum Sideboard, wo eine weiße Schachtel mit einer schwarzen Schleife stand, und stellte diese ebenfalls vor Bellamy auf den Tisch. „Das ist für das Ritual heute Abend. Du wirst vor jedem Ritual eine Schachtel mit den Dingen bekommen, die ihr beide anziehen solltet", sagte sie nur und ging.

„Sollen wir hineinschauen?", fragte Bellamy, die angefangen hatte mit der Schleife zu spielen.

„Klar, mach sie auf." Ich atmete tief durch. Ich musste mich ablenken, um die Kontrolle zu behalten. Bellamy konnte mich wirklich auf die Palme bringen, aber ich wollte nicht, dass sie herausfand, wie sehr.

Sie zog einen Smoking heraus, der eindeutig für mich bestimmt war, soviel hatte ich erwartet und dann starrte sie in die fast leere Kiste. Alles, was noch darin war, waren ein silberner Pinsel und ein Paar silberne High Heels.

Sie hielt den Pinsel in die Luft, zog die Augenbraue hoch und fragte: „Ich schätze, mehr bekomme ich nicht?"

Ich nahm den ersten Bissen und tat mein Bestes, das Lachen in mir herunterzuschlucken. „Es scheint so." Ich deutete auf ihren Teller. „Iss dein Frühstück. Das ist keine Bitte und kein Vorschlag. Das ist eine Anweisung."

Ich hielt inne, in voller Erwartung, eine freche Antwort zu erhalten. Ich war darauf eingestellt, aufzustehen, meinen Gürtel aus den Laschen zu ziehen und Bellamy zu zeigen, was passierte, wenn sie mir nicht gehorchte, aber ich würde das Ganze lieber machen, wenn mein Magen nicht knurrte und der Kaffee die Möglichkeit hatte, seine Wirkung zu entfalten. Glücklicherweise schien auch Bellamy gegenwärtig keine Lust auf einen weiteren Angriff zu haben. Ich sah zwar, wie sich ihre Nasenlöcher weiteten und ich konnte sehen, wie sie ihre perfekten weißen Zähne zusammenbiss, aber sie blieb still und begann zu essen.

„Bellamy", sagte ich schließlich und unterbrach nach einigen Augenblicken, in denen ich gegessen hatte, das Schweigen. „Wegen heute Abend ... Ich möchte, dass du weißt, was ich bei den Ritualen von dir erwarte."

Sie sah mich beim Kauen an, sagte allerdings nichts.

„Ich möchte nicht, dass Unklarheit herrscht. Bei den Ritualen werden viele Männer anwesend sein. Alle werden dich ansehen, aber es gibt eine Regel, die du niemals brechen darfst. Du gehörst *mir*. Mir allein. Du wirst keinen anderen Mann anfassen, mit keinem sprechen oder ihn ansehen, es sei denn, du hast meine Erlaubnis. Du gehörst mir. Haben wir uns verstanden?"

Sie nickte und schluckte den Toast mithilfe eines Schlucks von ihrem Kaffee herunter.

„Ich erwarte weiterhin Perfektion. Ich möchte, dass wir die Rituale besser hinter uns bringen als die Anwärter vor uns oder diejenigen, die nach uns kommen. Ich bin nicht durchschnittlich. Das war ich nie. Wenn die Ältesten eine Show wollen, dann werden wir sie ihnen geben. Wenn sie etwas von uns verlangen ... Dann tun wir es. Ich möchte nicht, dass du dich sträubst oder frech wirst oder irgendwelche Anzeichen von fehlendem Respekt zeigst. Jetzt, wo das klar ist, möchte ich, dass du weißt, dass ich dich immer beschützen werde. Ich werde mich immer um dich sorgen und über die Dauer unseres Aufenthalts hier für dich da sein. Du gehörst mir und ich bin mir meiner Verantwortung bewusst. Ich verlange nicht nur deinen Respekt. Du wirst schon bald sehen, dass ich ihn mir verdienen werde. Aber du musst mir erlauben, die Führung zu übernehmen. Du musst mir vertrauen. Haben wir uns verstanden?"

„Ja", brachte sie hervor. „Ja, *Sir.*" Sie legte die Gabel auf den Tisch und lehnte sich vor, um ihren nächsten Worten noch mehr Bedeutung zu verleihen. „Ich möchte diese Rituale genauso sehr hinter mich bringen wie du. Und genau wie du … bin ich nicht durchschnittlich. Ich bin mein ganzes Leben darauf vorbereitet worden, perfekt zu sein. Du wirst schon sehen, wie perfekt ich sein kann, egal welcher Herausforderungen uns durch den Orden gestellt werden."

KAPITEL VIER

Bellamy

Offenbar hieß *perfekt* sein, die elegante Treppe der Oleander Villa so herab zu gehen, wie Gott mich geschaffen hatte – nun, wenn man einmal von den silbernen Louboutins absah. Ich hielt den Kopf aufrecht und den Rücken durchgestreckt, genau wie ich es vor Jahren bei Cotillion gelernt hatte. Zugegeben hatten sie wahrscheinlich nicht an ein solches Szenario gedacht, als Mrs. Marshall uns mit ihrer hohen Stimme Dinge über „Manieren" und „Abstammung" und darüber, wie sie unsere „Heiratsfähigkeit beeinflussen würde", beigebracht hatte.

Manchmal fühlte es sich an, als wäre Darlington County im 20ten Jahrhundert stecken geblieben ... In einer Nacht wie dieser, in der ich in die edle Höhle der Sünde aus weißem Marmor herabstieg, die nur von einem mit Gas betriebenen Kronleuchter erhellt war, fühlte es sich eher an, wie das 19te Jahrhundert.

Andere nackte Frauen kamen in den Ballsaal, als ich

diesen betrat. Männer in Smokings und silbernen Umhängen warteten bereits auf uns. Meine Augen wurden größer, als ich an einer Gruppe vorbeiging, deren Gesichter ich erkannte – Montgomery Kingston und seine Freunde Beau und Rafe. Scheiße, ich würde nackt vor Männern herumlaufen, die ich kannte. Als Emmett mich so enthusiastisch gefickt hatte, war es wenigstens nur vor den Ältesten gewesen, aber in dieser Nacht … In dieser Nacht war es vor allen.

Emmett, der neben mir lief, reichte mir nicht einmal einen Arm als Halt. Ich dachte, er würde mir wenigstens ein wenig Mut machen. Er bewies allerdings das Gegenteil, als er leise, aber in seinem Befehlston in mein Ohr flüsterte: „Kleine Erinnerung, du gehörst *mir*. Du siehst keinem der anderen Männer heute Abend in diesem Raum in die Augen. Nur mir. Du *fasst* keinen anderen Mann *an*. Nur mich. Und vergiss nicht, ich erwarte Perfektion."

Ich hörte nur halb zu und nickte. Wenn alles, was er heute Abend für mich tun würde, daraus bestand, mich vor unserem großen Auftritt herum zu schubsen, nun, dann konnte er mich mal gerne haben. Ich musste mich konzentrieren. Er hatte mir gesagt, dass ich heute Abend würde perfekt sein müssen. Nun, es ging los und ich konnte es mir nicht erlauben, auch nur ein Detail zu verpassen.

Einer der Ältesten stand in der Mitte des Saales und schlug mit dem Gehstock einmal auf den Boden, als wir uns alle aufgestellt hatten. Die Türen, durch die die Mädchen gekommen waren, schlossen sich hinter ihnen. In einer Ecke des Saals standen zwei Geiger. Eine Geige begann eine tiefe, lange, vibrierende Note zu spielen. Dann stimmte die zweite mit einer hohen Note ein und die beiden Instrumente zusammen erzeugten einen Klang, der einem ins Mark fuhr.

Ich schnappte nach Luft, sah mich um, um herauszufinden, ob sie dasselbe mit den anderen Menschen taten oder ob es sich um ein Signal für etwas handelte.

Der Älteste mit dem Gehstock in der Mitte des Saals erhob allerdings wieder die Stimme, während die zwei Geigen ihren Tanz fortführten und ihre Musik miteinander verbanden. Sie versprachen auf sinnliche Weise, was kommen würde.

„Frauen, bringt eure Farbeimer. Tanzt und malt einander für uns an."

Ich schaute mich um und sah, dass etwa die Hälfte der Frauen kleine Farbeimer mit silberner Farbe in den Händen hielten. Erst jetzt wurde mir klar, was im Ballsaal anders war als sonst. Der Boden war mit Holz bedeckt, welches den Marmor schützen sollte. Sie waren darauf vorbereitet, dass es eine Sauerei geben würde.

Die Frauen mit Farbeimern stellten sich mit denen ohne zusammen. Die Musik wurde intensiver, als eine Frau mit glänzendem, schwarzem Haar ihre kleine, zerbrechliche Hand in einen Topf steckte und ihre Finger, von denen Silber tropfte, wieder herauszog.

Scheiße, ich konnte nichts weiter tun, als vorzugeben, niemanden hier zu kennen. Ich konnte nicht an Montgomery oder die anderen Jungs denken, mit denen ich aufgewachsen war.

Ich machte einen mutigen Schritt auf die Frau zu und sie lächelte. Ich musste nicht zurückblicken, um zu wissen, dass Emmetts Augen auf mich fokussiert waren. Er musste sich allerdings keine Sorgen machen. Ich hatte seine Nachricht verstanden.

Perfektion. Ich würde ihm eine Show bieten. Ihnen allen. Sie sollten nur zuschauen.

Ich war verdammt noch mal Bellamy Carmichael. Ich war kein Mauerblümchen. Wenn wir objektiviert werden würden, nun, dann würde ich beweisen, dass ich das Objekt im Raum war, das Begierde verdiente. Ich würde in ihren Blicken baden. Sie würden mir Macht verleihen. Ich würde stärker werden, genau wie ich es immer getan hatte.

Ich drückte die Brust in Richtung der Schönheit mit rabenschwarzem Haar. Ihre Silber-tropfende Hand landete auf meinen Titten. Sie hatte keinen Skrupel, die Farbe in meine Haut zu massieren, rieb mit den Daumen über meine Brustwarzen.

Ich schnappte nach Luft, weil die Farbe kalt war und weil ich wusste, dass Emmett jede meiner Reaktionen genau beobachten würde.

Das Glück war mit den Mutigen, nicht wahr? Ich steckte also die Hand in ihren Farbeimer, erschauderte als meine Finger in die Farbe glitten. Ich holte meine tropfende Hand hervor und streckte sie in Richtung der Frau aus. Ich ließ sie über ihr Brustbein gleiten und hinterließ silberne Streifen. Dann legte ich die Hand um ihren Hals, ließ sie in ihren Nacken gleiten, zog ihren Kopf zu mir herab, bis ihre Lippen nur wenige Zentimeter von meinen entfernt waren.

Mutig ließ ich meinen Blick an den Rand schweifen, wo Emmett mit einem Glas in der Hand stand und mich beobachtete, genau wie ich es erwartet hatte. Ich lächelte ihn an, als meine Zunge aus meinem Mund glitt und begann, mit ihren Lippen zu spielen, bevor ich sie küsste. Mir erging nicht, dass er sich anders hinstellte und einen großen Schluck von seinem Getränk nahm.

Meine neue Freundin spielte das Spiel, was ich vorschlug, nur zu gern mit. Sie tunkte die Finger erneut in die Farbe und hinterließ einen silbernen Abdruck auf meinem Arsch, als sich mich gegen sich zog. Sie war ein Wunderwerk aus Weichheit und Kurven unter meinen Händen.

Das Murmeln der Männer am Rande des Raumes bedeutete mir, dass ihnen die Show, die wir boten, gefiel. Ich löste mich plötzlich von der Frau. Ich nahm wieder Farbe auf die Hände und ergriff ihre vollen Brüste, ließ sie dann hinab zu ihrem Bauchnabel streifen. Emmett hatte gesagt, dass wir herausstechen sollten, also würde ich eine Show liefern. Und ich konnte nicht bestreiten, dass das Wissen, dass sein Blick auf mir ruhte, mich noch geiler machte.

Nachdem ich erneut in den Topf gegriffen hatte, ließ ich die Hand zwischen ihre Beine gleiten und spreizte sie weiter. Das Silber tropfte auf die Innenseite ihrer Schenkel.

Im Gegenzug ergriff sie beide meiner Arschbacken, kniff sie und schlug dann mit ihren silbrigen, feuchten Händen darauf. Sie genoss es, die Farbe zu verschmieren über meinen Rücken hinauf und dann in meine Arschritze hinab.

Die Pfiffe und Rufe vom Rand wurden noch lauter, bis schließlich die Gehstöcke zu schlagen begannen.

Ich hob den Blick und sah mich um. Die anderen Frauen waren genau wie ich und meine Partnerin mit Farbe bedeckt und die Männer konnten sich kaum noch zurückhalten. Sie wollten uns anfassen und ebenfalls ihren Spaß haben. Einige von ihnen hatten bereits ihre Schwänze herausgeholt und rieben sie, um vorbereitet zu sein.

Und erst dann erinnerte ich mich. Scheiße, Montgomery, Beau und Rafe hatten alles beobachtet, was ich grade getan hatte. Ich sah mich im Saal um und war dankbar, dass ich sie nicht entdecken konnte. Ich sah allerdings die anderen Männer, die mich lusterfüllt ansahen, während sie mit ihren Stöcken auf den Boden schlugen.

Erst als das Schlagen aufhörte und der Älteste, der am Anfang gesprochen hatte, in die Mitte ging, sah ich zu Emmett herüber. Unsere Blicke trafen sich … und ich sah, dass er wütend war.

Ich schaute zu Boden, fühlte, dass meine Wangen rot

wurden, als ich mich an die Anweisungen erinnerte, die er mir zugeflüstert hatte, bevor die Orgie angefangen hatte – ich sollte niemanden außer ihm ansehen. Scheiße.

Aber das konnte nicht wirklich sein Ernst gewesen sein. Ich konnte nicht kontrollieren, wohin mein Blick fiel! Nun, tatsächlich hatte ich es vergessen, aber Gott im Himmel, glaubte der Mann wirklich, dass ich jeden meiner Blicke kontrollieren konnte? So sehr Kontrollfreak war ich dann auch nicht. Hier im Saal passierte so viel, man konnte mir keinen Vorwurf machen, dass ich neugierig war.

Ich hatte das, was der Älteste gesagt hatte, nachdem das Schlagen aufgehört hatte, verpasst. Verdammter Mist. Aber ich wusste genau, was ich zu tun hatte, als Emmett nun auf mich zu kam und mir durch zusammengebissene Zähne ein Wort sagte, als er mich erreichte: „Knie."

All die anderen Mädchen gingen auf die Knie, als die Männer sich aus der Masse lösten und auf uns zu kamen. Sie suchten sich ihre silbern angemalten Frauen aus. Ich ging schnell in die Knie, während Emmett seinen riesigen, pulsierenden Schwanz herausholte, den er mir ins Gesicht schob. Er konnte nicht zu wütend auf mich sein, wenn er zeitgleich so geil war, oder? Nun, ich kannte einen Weg, wie ich die Wut in ihm vielleicht beschwichtigen konnte.

Ich legte die rechte Hand um seine Eier. Die Farbe war inzwischen fast trocken, aber ich hinterließ trotzdem ein wenig Silber auf seinem schweren Sack. Ich spielte mit seinen Eiern, während ich den Kopf auf seinen Schwanz senkte und mit der Spitze meiner Zunge mit ihm spielte.

Der Schauer, der seinen Körper bei meiner Berührung durchlief, war unglaublich befriedigend. Er tat so, als würde ihn nichts berühren, aber ein Lecken meiner Zunge und ich hatte ihn so weit, dass er zitterte. Sein Schwanz pulsierte in meinem Mund.

Ich konnte mich an ihn in der High-School kaum erinnern, wenn ich ehrlich war. Wahrscheinlich war es wirklich arschig, es zuzugeben, aber ich hatte niemals behauptet, dass ich damals eine Heilige gewesen wäre ... oder dass ich es jetzt sei. Meine Zähne liefen über seine Länge, bevor ich sie wieder mit den Lippen bedeckte und diese mehrfach über die Spitze seines Glieds gleiten ließ. Ich blickte zu ihm hinauf und mir entging nicht, wie sich sein Kinn anspannte.

Wer immer er damals gewesen war, jetzt war er ein Mann. Doch was sah er jetzt, wenn er zu mir herabsah, wie mein Mund so voll mit seinem Schwanz war, dass mir die Tränen in die Augen stiegen? Sah er die Königin, die zwei Mal als Sophomore und als Senior Teen Miss Darlington County geworden war? Sah er die Sirene, die ich eben gewesen war? Einfach eine schöne Blondine, die mit silberner Farbe bedeckt war? Sah er einfach eine weitere Frau, die er dominieren wollte? Reichte es, dass irgendjemand seine dreckigen Spielchen mitspielte?

Ich drückte seine Eier und seine rechte Hand vergrub sich in meinem Haar, während seine linke sich um mein Handgelenk legte und die Hand von seinen Kronjuwelen wegzog. Er begann den Rhythmus, in dem ich meinen Kopf bewegte, zu bestimmen, bis er schließlich mein Gesicht zwischen den Händen hatte. „Du nimmst das, was ich dir gebe und du wirst davon feucht werden", erklärte er.

Ich blinzelte. Ich war mir unsicher, was passiert war. Wenn ich einen Blowjob gab, war normalerweise ich diejenige, die die Kontrolle hatte. Erneut hatte Emmett es geschafft, die Regeln zu ändern.

„Fass dich selbst an, aber wag es nicht, zu kommen", befahl er, während er begann, seinen Schwanz wieder in meinen Mund zu schieben. „Und schau mich an."

Ich blinzelte und nickte. Mein Mund war voll mit seiner Fleischpeitsche. Ich griff zwischen meine Beine.

„Steck zwei Finger in dich", verlangte er, während er damit anfing, mein Gesicht wirklich zu nehmen. Ich tat, was er sagte. Ich war feucht, was mich überraschte. Man hatte noch nie so heftig mit mir gesprochen. Und trotzdem, je heftiger seine Worte waren und je mehr er meinen Körper benutzte, desto feuchter wurde ich.

„Fick dich mit deinen Fingern, während ich dein Gesicht ficke", sagte er, während er heftig atmete. Sein Schwanz war unglaublich groß in meinem Mund. Es war schwer, die Lippen über den Zähnen zu behalten. „Und hör nicht auf, an mir zu saugen", fügte er hinzu. „Ich möchte fühlen, wie du mich in dich saugst."

Ich nickte und versuchte ihm all das zu geben, was er verlangte, aber es war zu viel. Ich saugte so stark ich konnte an ihm, während sein Schwanz in meinem Mund war, aber er kannte kein Erbarmen. Ich konnte kaum Luft holen, bevor er sich wieder nahm, was er wollte. Währenddessen waren meine eigenen Finger in mir und ich kämpfte gegen meine steigende Lust an. Um uns herum schlugen weiter Stöcke und ich hörte das lustvolle Stöhnen der anderen Männer.

Es war allerdings unmöglich, irgendjemanden außer Emmett anzusehen. Ich konnte nicht an seinem trainierten Oberkörper vorbeisehen, nur in die Augen, die zu mir herabsahen. „Ich komme. Verschwende keinen einzigen Tropfen. Und hör nicht auf, dich selbst zu ficken."

Er verlangsamte den Rhythmus seiner intensiven Stöße mit der Hüfte, während er ein letztes Mal nach vorne stieß und ich noch heftiger saugte als je zu vor. Ich ließ die Zunge um sein Glied gleiten, bis der letzte Tropfen seines salzigen Samens auf meiner Zunge und in meiner Kehle war.

Ich schluckte heftig und als etwas aus meinem Mundwinkel entwich, leckte ich es so schnell auf, wie ich konnte. Dasselbe tat ich mit dem Samen, der sein Glied herablief. Und während ich das tat, passierte es.

Ich kam. Schnell, heftig,

Ich leckte seiner Eier und gefror, als mein Körper zusammenzuckte. Ich atmete aus und machte ihn weiter mit der Zunge sauer. Ich hoffte, dass er es nicht bemerkt hatte.

Als ich allerdings hinaufsah und das Feuer der Wut in seinen Augen sah, wusste ich, dass er es bemerkt hatte.

„Zimmer", befahl er durch zusammengebissene Zähne. „Jetzt."

Oh Scheiße.

Ich sah mich um. Wir hatten das Ritual geschafft. Ich hatte es gut gemacht. Das musste doch irgendwie Bedeutung haben. Ich richtete mich auf, war zunächst ein wenig wackelig auf den Absätzen, aber Emmett bot mir erneut keine Unterstützung an. Ich richtete mich also selbst auf, hob den Kopf und marschierte mit all der Würde des Carmichael-Bluts, das in meinen Adern floss, aus dem Ballsaal.

KAPITEL FÜNF

Emmett

„Du weißt, dass du bestraft werden wirst, nicht wahr?", fragte ich, während ich gegen das wilde Knurren, dass sich tief in mir lösen wollte, ankämpfte.

Sie öffnete den Mund, schloss ihn allerdings direkt wieder. Stattdessen nickte sie nur als Antwort.

„Ich habe dir zwei Mal klare Anweisungen gegeben. Du hast sie zwei Mal ignoriert." Ich drehte ihr Kinn mit meinen Fingern, sodass sie mir in die Augen sehen musste.

Sie nickte erneut, aber die Anspannung in ihrem Kinn zeigte mir, dass sie irgendwas Freches entgegnen wollte. Immerhin war sie klug genug, stumm zu bleiben, wobei es nicht mehr lange dauern würde, bis sie ihr Schweigen aufgeben musste, egal, wie sehr sie es versuchte.

„Du wirst heute Abend lernen, dass ich erwarte, dass du meinen Anweisungen folgst."

Ihre Augen wurden zu Schlitzen und ihr Mundwinkel

zuckte, aber sie sagte mir nicht, dass ich mich ficken sollte, wie sie zweifelsohne wollte.

„Du gehörst mir, Bellamy. Solange du auf Oleander bist, gehörst du mir, und zwar mir allein. Jede deiner Handlungen wird genau das zeigen. Ich habe gesehen, dass du die anderen Männer angesehen…"

„Nicht auf sexuelle Art und Weise", unterbrach sie mich schließlich. „Das ist nicht fair. Ich habe nichts falsch gemacht. Nicht wirklich."

„Du hast trotzdem andere Männer angesehen. Andere *Männer*." Ich zog sie in unser Zimmer und schloss die Tür hinter uns. Dann, ohne ihr eine andere Wahl zu lassen, ergriff ich ihren Arm und zog sie herüber zum Bett. „Und ich hatte dir gesagt, dass du nicht kommen darfst."

„Ich kann meinen Körper nicht so leicht kontrollieren, nur weil du es mir *sagst*. Es ist nicht so, als könnte ich auf Kommando kommen oder eben nicht", warf sie ein. „Das hier ist kein Porno, wo ein Mann sagt, komm und die Frau macht es auf der Stelle – oder eben nicht, in meinem Fall. Das hier ist nicht fair."

„Du wirst es lernen", sagte ich und sah sie böse an.

Oh ja, sie würde es lernen.

Bellamy schnappte nach Luft, als ich gegen ihre Beine trat, um sie weiter zu spreizen. Dann klatschte ich auf ihre Muschi. Das war ein kleiner Vorgeschmack auf das, was sie jetzt erwartete.

Ein sehr kleiner Vorgeschmack.

Ich legte die Hände auf ihre Brüste und Bellamys Wimmern erfüllte die Luft.

„Und du wirst lernen zu flehen, um kommen zu dürfen, nachdem ich dir deinen festen Hintern versohlt habe. Du wirst mich anflehen, meinen Schwanz in dich zu stecken und meinen Namen schreien", erklärte ich sinnlich. Meine Stimme war angespannt und rau.

Sie erschauerte, ihr Körper zitterte, wahrscheinlich wegen des Gedankens, was sie nun erwartete.

Bellamy schrie auf, verlor die Kontrolle, als sie versuchte, die Fassung zu bewahren, während ich zwei Finger tief in ihre hungrige Muschi stieß. Ich bearbeitete ihren Kitzler mit meinem Daumen und bewegte die Finger in ihr. Ich brachte sie bis kurz vor den Orgasmus, sodass Bellamy ihren Körper gegen mich drückte.

„Du bist so feucht für mich. Der Gedanke an die Bestrafung, die dich erwartet, erweckt deinen Körper. Ich könnte fast glauben, dass du dich absichtlich ungezogen verhalten hast. Vielleicht wolltest du, dass ich dir den Arsch versohle? Vielleicht wolltest du, dass ich dein kleines Arschloch bestrafe? War das vielleicht von Anfang an dein Plan?"

Sie schüttelte den Kopf, atmete allerdings noch schneller und ich fühlte, wie sich ihre Muschi um meine Finger zusammenzog. Ich erlaubte ihr nicht, die Erlösung zu finden, nach der sie sich so sehr sehnte. Ich zog die Finger genau so abrupt aus ihr heraus, wie ich sie hineingeschoben hatte.

Dann ging ich hinüber zum Nachttisch und holte eine schwarze Schachtel hervor, die ich mir hatte liefern lassen. Sie hatte hier auf mich gewartet, genau für diesen Anlass. Ich stellte sie auf das Bett, zog meinen Gürtel aus und legte ihn ebenfalls auf die Matratze. Ich sah, dass Bellamy jede meiner Bewegungen beobachtete, als ich mich aufs Bett setzte.

„Komm her." Ich klopfte auf meinen Schoß, damit sie wusste, was ich von ihr erwartete. „Leg dich über meine Knie."

Ihre Augen wurden groß und ihr Mund öffnete sich so, als würde sie protestieren wollen. Etwas in meinem Blick ließ sie allerdings innehalten, denn als sich unsere Blicke trafen, tat sie genau das, was ich gefordert hatte. Sie drückte ihren blanken Bauch auf meinen Schoß und breitete sich vor über meinen Beinen aus.

Bellamy entfuhr ein Atemzug, als ich ihre Schenkel mit der Hand auseinanderschob. Ihr nach oben gerichteter Arsch war jetzt genau in der richtigen Stellung.

Sie sah mich über die Schulter an. Ich konnte die Ungewissheit und Erregung in ihren Augen sehen. Ich schätzte, dass Miss Bellamy noch nie in ihrem Leben in einer solchen Lage gewesen war und keine Ahnung hatte, was als Nächstes passieren würde.

Ich ließ meine Hand von ihrem Rücken bis zu ihren Schenkeln gleiten. „Ich werde dir den Hintern versohlen."

Bellamy spannte sich an, aber sie bewegte sich nicht, versuchte sich nicht zu lösen, sich nicht vor meinen Berührungen zu schützen. Ich hatte einen heftigeren Kampf erwartet, war aber erfreut, dass sie sich nicht wehrte. Tief in ihr, unter all dem Temperament, war doch jemand, der unterwürfig war, und vielleicht würde es weniger lange wie erwartet dauern bis ich ihre Mauern durchbrechen würde. Ein Teil ihres Gehorsams war allerdings sicherlich auf die Tatsache zurückzuführen, dass sie keine Ahnung hatte, was ihr bevorstand.

Die Unschuld zähmt das Biest.

Es schien, als hätte ihre natürliche Neugier sie davor bewahrt, die Flucht zu ergreifen und von mir fixiert zu werden – was ich mehr als gern getan hätte.

Ich spreizte ihre Beine breiter, öffnete ihren Schlitz komplett, sodass ich alles sehen konnte. Sie atmete nur hörbar ein und ihr Körper spannte sich an, ansonsten erlaubte Bellamy mir zu tun, was ich wollte.

Fürs Erste.

Der Schmerz auf ihrem Arsch und die Scham, die mit der

Strafe einherging, waren noch nicht gekommen und wenn sie es taten ... Ich hatte keinen Zweifel, dass sie die Bestrafung, die ich für sie geplant hatte, nicht so gesittet hinnehmen würde.

Meine Fingerspitze fuhr die Form ihres Hinterns nach, glitt verführerisch über ihr Loch. „Ich werde dir nicht nur deinen Hintern versohlen, ich werde auch dein kleines Loch hier bestrafen." Meine Finger glitten in kleinen, bedachten Kreisen über ihren Anus.

Bellamy stockte der Atem, wahrscheinlich wegen der Neuigkeiten, die ich ihr gerade eröffnet hatte.

Ich nahm meine Hand von ihr und griff nach der schwarzen Schachtel. Sie hielt das Gesicht nach vorne gewandt, ballte die Hände, die vor ihr hingen, zu Fäusten.

Nur Augenblicke später gab ich Gleitgel, das ich aus der Box genommen hatte, auf ihre Rosette, die ich unbedingt erobern wollte. Ich rieb weiter, spielte mit ihr, indem ich meinen Finger durch die enge Barriere schob.

Bellamy sah mich schließlich wieder über die Schulter an und schob sich die blonden Locken aus den Augen, damit sie sehen konnte, was auf sie wartete.

„Was ist das?", fragte sie, als sie bemerkte, was ich als Nächstes aus der Schachtel holte.

„Das nennt man einen Butt Plug." Ich konnte das verschmitzte Grinsen, das mein Gesicht eroberte, nicht unterdrücken. „Der macht dein Loch weiter und irgendwann ist es dann bereit für meinen Schwanz."

Ich legte meine Hand zwischen Bellamys Schulterblätter und drückte sie wieder ganz herunter. Alles, was sie sehen konnte, waren die Holzdielen unter ihr. Sie hatte genug gesehen. Sie wusste genau, wie groß der Plug war und sie wusste ganz genau, was sich den Weg in ihr kleines Loch kämpfen würde.

Sie wehrte sich gegen den Plug aus Metall, als er mit ihrer Haut in Kontakt kam. „Ich hatte da noch nie etwas in mir... Mein Hintern war immer off Limits."

„Hier ist nichts off Limits. Das hättest du aufschreiben müssen, als wir den Vertrag geschlossen haben und da du das nicht getan hast ... gehört mir alles und ich kann machen, was ich möchte."

Ich drückte ihre Arschbacken auseinander und schob den Plug durch die enge Barriere. Sie zuckte und schrie auf, als ich schließlich in sie drang.

„Halt still", verlangte ich.

Sie wimmerte wegen des Schmerzes beim Eindringen.

"Entspann dich", sagte ich, während ich den Plug tiefer schob und mir Zutritt verschaffte. „Ich möchte, dass du die Augen schließt und dich ganz auf das Gefühl konzentrierst."

Sie schüttelte den Kopf und versuchte von meinem Schoß zu kommen, aber ich hielt sie einfach noch fester. „Er ist zu groß. Das passt nicht in mich. Es tut weh!"

„Bestrafungen tun weh", informierte ich sie, während ich ein wenig fester drückte. „Konzentriere dich auf die Bestrafung und darauf, dass das hier immer und immer wieder passieren wird, wenn du dich nicht an meine Anweisungen hältst."

Ihre Hände flogen durch die Luft, bis sie meine Schenkel fanden und sich daran klammerten. Mit jeder Bewegung des Plugs stockte ihr Atem. Zentimeter für Zentimeter arbeitete ich mich in ihre Tiefen vor.

„Oh Gott", stöhnte sie.

Der Plug war inzwischen fast komplett in ihr und spreizte ihr Loch, so weit es ging. Ihr Anus dehnte sich immer weiter und ihre Muschi wurde offensichtlich vor Lust noch feuchter. Die festen Muskeln gaben nach und der dickste Teil des Plugs glitt in sie hinein.

Bellamy schüttelte erneut den Kopf und ihre Stimme brach: „Emmett, das geht nicht. Das tut weh."

„Atme tief durch und entspann dich. Du kannst das."

Mit einem letzten Stoß, der sie zum Schreien brachte, drückte ich den Plug komplett in sie und erlaubte ihrem Anus, sich um den viel kleineren Fuß, an dem das Handstück befestigt war, zu schließen, sodass er fest in ihr steckte.

Ich lehnte mich vor und drückte sanfte Küsse auf ihren Rücken, bis ich bei ihren Arschbacken ankam. Meine Hand schob mich unter sie und fand ihren Kitzler, in den ich kniff. Sie drückte sich gegen meine Berührung und flehte still darum, dass sie für ihre Unterwürfigkeit belohnt werden würde.

Ich rieb weiter, streichelte ihre zarte Knospe, während ihr Körper sich an die Weite und die Öffnung durch den Plug gewöhnte. „Jetzt fängt die Bestrafung gleich an", sagte ich.

„Was? Der Plug ist nicht die Bestrafung? Ich habe es verstanden. Ich habe meine Lektion gelernt. Das, was du sagen willst, ist laut und klar bei mir angekommen."

Ich konnte mir das Kichern nicht verkneifen. „Aber das ist erst der Vorgeschmack." Ich drückte auf ihren Rücken, als sie versuchte, sich zu befreien und sagte: „Wenn ich mit dir fertig bin, wirst du keinen Zweifel mehr haben, ob du mir gehorchen wirst, wenn ich dir sage, dass du nicht kommen darfst. Dein Körper wird genauso lernen, zu gehorchen, wie dein Kopf." Ich klopfte zur Betonung auf den Griff des Plugs, was sie zum Stöhnen brachte.

Ich positionierte sie wieder auf meinen Knien, sodass ihr Allerwertester weiter in die Luft ragte und ich ihn besser sehen konnte. Bevor sie gegen das, was als Nächstes passierte, Einspruch einlegen konnte, hatte ich ihr heftig auf den Hintern geschlagen. Einmal, zweimal und ein drittes Mal.

Bellamy versuchte sich verzweifelt aus meinem Griff zu

befreien. „Emmett, bitte! Es tut mir leid. Wir müssen das hier nicht tun."

Ich versohlte ihr weiter den Hintern und jeder Schlag wurde heftiger als der vorherige. „Wer hat hier das Sagen, Bellamy?" Ich schlug ihr wieder auf den Hintern, während ich sie fragte.

„Du!"

„Ich erwarte, dass du meinen Regeln folgst. Ich erwarte Perfektion. Das hast du gewusst, bevor du dich hierauf eingelassen hast, nicht wahr?"

Ich ließ die Handfläche auf jeden Zentimeter ihres festen, kleinen Hinterns treffen.

„Ja, das wusste ich", fauchte sie, als ich auf die Stelle schlug, wo ihr Hintern in ihren Schenkel überging. „Ich wusste, was du erwartest. Ja!"

„Du wirst lernen, mir die Kontrolle zu überlassen", sagte ich. Ich hielt einen Moment inne und ergriff den Gürtel, der neben mir lag.

Ich faltete das Leder in dem Wissen, dass ich es beim ersten Mal nicht zu heftig machen würde. Ich würde sie nicht wirklich auspeitschen. Besonders nicht aus diesem Winkel, weil ich nicht genau den Schwung bekommen konnte, den ich nutzen würde, wenn sie über das Bett gebeugt wäre. Wobei sich das erste Mal mit dem Gürtel für sie so oder so nicht anfühlen würde, als sei ich gnädig.

Ich ließ das Leder auf ihr gerötetes Fleisch treffen und sie schrie auf. „Emmett, Stopp! Hör auf, ich habe gesagt, dass es mir leidtut."

„Was tut dir leid?", fragte ich, als ich den Gürtel wieder auf sie treffen ließ.

Sie schrie auf und auch wenn ich heftiger geschlagen hatte, schien sie mit meinem Körper zu verschmelzen. Sie wehrte sich nicht länger gegen die Bestrafung. Ihr Körper hatte sich unterworfen und ich wusste, dass sie mir nicht nur sagte, was ich hören wollte, weil sie nicht länger bestraft werden wollte.

„Dass ich deine Regeln und Anweisungen nicht befolgt habe. Das werde ich von jetzt an machen, Sir."

Ich schlug noch einmal mit dem Gürtel zu und entschied mich dann, ihr Gnade zu erweisen, schließlich hatte sie mich korrekt angesprochen, ohne dass ich sie darum hatte bitten müssen. Meine Sklavin lernte schnell.

In dem Moment, in dem ich aufhörte, sie zu schlagen, hob ich sie von meinem Schoß und legte sie wieder auf das Bett. Sie öffnete augenblicklich die Beine, hieß mich willkommen und wollte genommen werden. Sie wollte, dass ich sie zu meiner machte. Das erkannte ich daran, wie feucht sie war. Ich konnte riechen, wie erregt sie war.

„Nimm mich, Emmett", schnurrte sie fast. „Ich will dich."

Ich beugte mich über sie, so nah, dass meine Lippen ihre berühren konnten, aber sie taten es nicht. „Ich habe dir gesagt, dass du nach meinem Schwanz flehen würdest, nachdem ich dir den Hintern versohlt habe. Fleh."

„Bitte, Emmett. Bitte. Ich will deinen Schwanz", flehte sie, wie das brave Mädchen, das sie nun war.

Ich musste all meine Kontrolle aufbringen, als ich mich von ihr erhob. Ich atmete ruhig durch und erklärte: „Kein Sex nach einer Bestrafung. Böse Mädchen bekommen keinen Orgasmus."

Sie richtete sich mit aufgerissenen Augen auf. „Was? Machst du Scherze?" Sie rutschte mit ihrem Hintern auf dem Bett herum. „Was ist ... Mit dem Plug in mir?"

Ich grinste, während ich den Gürtel wieder anzog. „Nein, ich mache keine Scherze. Und du wirst den Plug in dir haben, bis wir schlafen gehen."

„Emmett!"

Ich warf ihr einen warnenden Blick zu. „Wenn ich du wäre, wäre ich jetzt vorsichtig. Du willst mich nicht herausfordern. Ich kann dich weiter bestrafen, wenn du immer noch frech bist. Willst du neben dem Plug, der in deinem Arsch bleiben *wird*, noch mehr von dem Gürtel haben?"

All die Wehrhaftigkeit, die ihren Körper ergriffen hatte, als ich ihr mitteilte, dass wir keinen Sex haben würden, verließ augenblicklich ihren Körper. Sie atmete tief durch und sagte: „Nein, *Sir*. Das wird nicht nötig sein."

Ich drehte ihr den Rücken zu, damit sie das Lächeln, das ich nicht länger verstecken konnte, nicht bemerkte. Ich wollte ein wenig länger streng und dominant sein, auch wenn mein Schwanz nichts mehr wollte, als tief in ihr vergraben zu sein. Ich wollte sie küssen und dafür loben, dass sie sich einer wahren Strafe unterworfen hatte, aber es war nicht die richtige Zeit. Momentan brauchte sie eine feste, starke Hand. Ich musste mich weiter auf das Ziel konzentrieren und auf das, was ich in dieser Nacht erreicht hatte. Meine kleine Zicke war gezähmt worden … zumindest fürs Erste.

KAPITEL SECHS

Bellamy

Den ganzen nächsten Tag lang schmerzte mein Hintern und ich wusste, dass es am übernächsten Tag noch genauso sein würde. Ich schaffte es gut, Emmett den Großteil des Tages zu ignorieren. Ich schlief so lang mein Herr es mir erlaubte, danach bekam er „Ja, Sir" dies und „Ja, Sir" das von mir zu hören, bis ich das Gefühl hatte, ihm jeden Moment die Augen auskratzen zu wollen. Das Problem war nur, dass ich am Nachmittag eine Stunde damit verbracht hatte, meine Nägel zu lackieren und ich meine Maniküre nicht dadurch gefährden wollte.

Das hielt allerdings nur so lange an, bis er mich komplett ignorierte, weil er zu arbeiten begann. Als er schließlich fünf Stunden später, gegen siebzehn Uhr, endlich den Laptop zuklappte und verkündete: „Gut, Zeit für etwas frische Luft", sprang ich fast vom Bett. Er hatte nicht einmal eine Mittagspause gemacht. Mrs. H hatte unser Essen aufs Zimmer gebracht und wenn ich noch eine Minute länger hätte dortbleiben müssen, wäre ich wohl verrückt geworden.

Ich war mir nicht sicher, ob Emmett meine nervöse Energie gespürt hatte oder ob er wirklich selbst spazieren gehen wollte, aber das war mir egal. Ich hätte niemals erwartet, dass die Stille das sein würde, was es mir hier am schwersten machte. Emmett mochte absolute Stille, während er arbeitete.

Wenn ich zu Hause war, hatte meine Mutter stets den Fernseher im Hintergrund an und ich schaute normalerweise etwas auf YouTube oder TikTok oder so auf dem Handy. Meistens lief zeitgleich auch noch Musik.

Ich *hasste* die Stille. Sie machte mich fast wahnsinnig.

Ich war im Himmel, wenn ich in einem Club mit lauter Musik war, wo man sich selbst nicht einmal mehr denken hören konnte. Denken war verdammt noch mal überbewertet. Manchmal würde ich alles geben, um meinen eigenen Gedanken zu entkommen.

Als Emmett sich umdrehte, hatte ich bereits die Schuhe angezogen. „Bereit", erwiderte ich glücklich.

Er zog eine Augenbraue hoch, sagte allerdings nichts, dann ging er herüber zur Kommode. Er holte ein Paar Socken heraus. Ich versuchte ihn nicht zu beobachten, während er sie vorsichtig anzog. Es war bescheuert, dass ich selbst seine Füße sexy fand. Ich sah stattdessen aus dem Fenster. Es war Oktober und die Blätter hatten sich wunderschön verfärbt.

Ich stand auf und wartete ungeduldig bei der Tür.

„Vielleicht sollten wir doch lieber drinnen bleiben, damit meine kleine Sklavin lernt, sich zu gedulden."

Ich schaute über meine Schulter. Mein Mund stand offen. Dann neigte er den Kopf. „Du hast die Strafe letzte Nacht allerdings gut hingenommen…"

Ich schloss den Mund, biss die Zähne zusammen, damit

ich ihn nicht anschrie und mir so eine weitere Bestrafung einheimste und er sich das mit dem Spaziergang anders überlegte. Eine Sache, die er über mich gesagt hatte, war die Wahrheit gewesen – ich hatte in meinem Leben bisher selten das Wort Nein gehört. Zumindest nicht unverblümt.

So oder so hielt ich den Mund, während er sich die Schuhe anzog und mich im Anschluss aus dem Zimmer, durch den Flur und die Treppe herunter führte. Es war merkwürdig, durch die Villa zu gehen, wenn es hier so ruhig war. Bisher war ich ansonsten nur fürs Frühstück außerhalb des Zimmers gewesen und wir waren zu einem Frühstückszimmer im ersten Stock gegangen.

Ich machte mir nicht die Mühe, mich groß umzuschauen. Die Luft hier war abgestanden und ich wollte nach draußen. Mal abgesehen davon war ich alte Bauwerke und Antiquitäten gewöhnt. Ich konnte nicht verstehen, wieso manche Menschen Häuser wie dieses so sehr mochten.

Ich hatte immer davon geträumt zu entkommen und neue Dinge zu sehen. Neue Orte, neue Gesichter. Orte, wo niemand etwas über deine Vergangenheit wusste oder sich dafür interessierte, wer dein Großvater gewesen war oder eben nicht.

Schließlich traten wir durch die hohe Flügeltür hinaus in die frische Herbstluft. Ich hielt für einen Moment auf der Treppe an, nachdem Emmett die Tür hinter uns geschlossen hatte und atmete tief durch.

Gott, das tat gut. Schnell ging ich die Steintreppe des riesigen Hauses hinab zu dem Schotter davor. Emmett blieb an meiner Seite, aber ich hatte das Gefühl, dass er sich beeilen musste, weil ich plötzlich so schnell geworden war.

Wahrscheinlich würde er glauben, dass ich den Verstand verloren hatte, wenn ich plötzlich anfangen würde zu rennen. Die frische Luft auf meiner Haut fühlte sich so unglaublich gut an. Ich trug Leggins und ein Tanktop, aber die Luft hier in Georgia blieb in manchen Jahren bis Mitte November warm und angenehm und dieses war keine Ausnahme.

„Hast du noch was vor?", fragte Emmett, dem es mit seinen langen Beinen leichtfiel, mit mir Schritt zu halten. Ich rannte nicht wirklich, aber ich vergrößerte den Abstand zwischen uns und der Oleander Villa, die hinter uns türmte, schnell.

Wir hatten es fast durch den Garten und ins Feld dahinter geschafft. In der Ferne konnte ich den See sehen, dessen Oberfläche in der Sonne glitzerte.

Ich zuckte nur mit den Schultern und ging weiter. „Es fühlt sich einfach nur gut an, rauszukommen", sagte ich. „Ich mag es nicht, so lange an einem Ort zu sein."

Er lachte. „Dir ist klar, dass das Teil der Herausforderung ist? Das hier sind Psychospielchen. Was hast du gedacht, wo du hier mitmachst?"

Ich warf ihm einen Blick zu und sah dann wieder in die Ferne. Für diese Unterhaltung war ich grade nicht bereit, falls ich das je sein würde. Er kannte meine Gründe, hier zu sein, nicht. Ich hatte noch immer meinen Stolz.

„Bellamy." Seine Stimme hatte einen bestimmenden Tonfall. „Halt an."

Ich schnaufte frustriert und gehorchte. Und ich war genauso wütend darüber, anzuhalten, wie darüber, dass ich den Unterschied zwischen der Intonation einer normalen Unterhaltung und … nun, dem Tonfall, den er hatte, wenn er Herr war, nur so konnte ich es beschreiben, kannte.

Ich war auch genervt, dass mein Innerstes augenblicklich reagierte, als ich ihn hörte.

„Was?" Ich verschränkte die Arme vor der Brust. Sein Blick senkte sich kurz und registrierte meine Geste. Ich ließ die Arme fallen, frustriert darüber, dass er jede Kleinigkeit bemerkte.

„Ich will nicht gleich alles von dir", begann er. „Aber du *wirst* mir ein wenig geben."

Ich streckte das Kinn vor. „Alles, was ich dir mit dem Vertrag versprochen habe, war mein Körper."

Er lächelte und ich wollte nichts mehr, als ihm das Lächeln aus dem Gesicht zu schlagen. „Da hast du unrecht. Also lass uns schön und entspannt um den See laufen, anstatt wie ein aufgescheuchtes Huhn und du kannst mir erzählen, wieso du noch immer in Darlington wohnst. Als wir Seniors waren, hast du als Model gearbeitet und davon geträumt, Influencerin auf Instagram zu werden. Ich dachte immer, dass du nicht aufs College gegangen bist, um das schöne Leben auf Ibiza zu genießen oder so…"

Dass er über die Vergangenheit reden wollte, war hart. Ich konnte nicht behaupten, dass es das nicht war. Zeitgleich hörte es sich an wie eine komplett andere Welt. Eine ganz andere Person.

Gott, waren das wirklich meine Träume gewesen?

Ich zuckte mit den Schultern und ging weiter. Wir gingen langsamer, als wir den See erreichten. Wir gingen darum herum, aber die Unruhe, die mich ergriffen hatte, sorgte dafür, dass ich rennen wollte.

„Bellamy?", fragte er. Natürlich tat er das. Er war ein wenig wie ein Splitter, den man nicht vergessen konnte. „Was ist passiert?"

„Ich weiß es nicht", sagte ich und winkte ab. „Das Leben?"

„Bellamy." Sein Tonfall sagte alles. Er würde nicht aufhören, bis er mehr erfuhr.

„Fein", gab ich nach und warf ihm einen bösen Blick zu, wobei ich darauf achtete, nicht die Augen zu verdrehen.

„Vater ist gestorben, okay? Am Ende unseres letzten Jahres ist mein Papa gestorben und es..." *Es hat das gesamte Kartenhaus zum Einsturz gebracht.* „... war schwer."

Er nickte und sah mich mit zusammengezogenen Augenbrauen an. „Ich kann mich erinnern, davon gehört zu haben. Mein Vater ist zur Beerdigung gekommen."

Ich zuckte mit den Schultern. „Nun, sie waren zusammen im Orden."

Er warf mir einen schnellen Blick zu. „Du wusstest, dass dein Vater im Orden war?"

„Meine Mutter hat mir davon erzählt, nachdem er gestorben ist."

Nach dem Tod meines Vaters habe ich viel über ihn herausgefunden. Ich hatte ihn nie wirklich gut gekannt, solange er am Leben war. Er war irgendwie einfach nur eine Präsenz in unseren Leben gewesen. Er war immer fürs „Geschäft" unterwegs gewesen. Sehr lustig.

„Vermisst du ihn?"

„Nein!" Ich machte mir nicht die Mühe, zu lügen oder Gefühl in meine Stimme zu legen.

Ich konnte merken, dass Emmett das Gesicht verzog, ohne zu ihm zu schauen. Ich sah stattdessen hinaus auf den See und atmete die frische Luft ein, die darüber wehte und dafür sorgte, dass kleine Wellen ans steinige Ufer plätscherten.

„Weiß deine Mutter, dass du hier bist?", fragte er als Nächstes. „Sollst du nicht eigentlich einen Banker aus Atlanta heiraten oder so?"

Ich schaffte es gerade so, nicht zu schmollen. Ach, wenn er nur die Wahrheit kennen würde. Das hier war die *Idee* meiner lieben Mutter gewesen. Sie klammerte sich noch immer an den ganzen Schwachsinn mit dem blauen Blut. Das war ironisch, wenn man bedachte, dass Emmett neureich war.

Wenn er allerdings gut genug für den Orden war, war er auch gut genug für sie.

Ihr Vater war bereits im Orden gewesen und ich wusste, dass sie dachte, dass alles wieder gut werden würde, wenn ich nur einen Ehemann hatte, der für den Orden bestimmt war. Sie dachte, dass der Albtraum der letzten fünf Jahre damit einfach verschwinden würde...

Meine Mutter war nämlich der Ansicht, dass Emmett am Ende von all dem hier hoffnungslos in mich verliebt sein und mir einen Antrag machen würde, genauso wie die letzten paar Rekruten es mit ihren Schönheiten gemacht hatten.

Ha. *Hahahahahahaha*. Ich könnte mich totlachen. Ich könnte einfach jetzt sterben.

Andererseits hatte sie sich schon immer von schönen Ideen ablenken lassen.

Sie hatte schließlich jahrelang den Schwachsinn meines Vaters geglaubt.

Ich sah ihm in die Augen und sagte ihm die Wahrheit. In unserem Vertrag, den wir unterzeichnet hatten, stand schließlich, dass ich ihn nie anlügen würde. „Sie weiß, wo ich bin."

Er sah mir erstaunt an. Ich hatte ihn überrascht. Er wusste es nicht, aber ich steckte voller Überraschungen.

Ich hatte mich entschlossen, das Spielchen umzudrehen. Fürs Erste war ich es leid, seine Fragen zu beantworten. „Wieso bist *du* hier?", fragte ich und schüttelte den Kopf. „Ich dachte immer, dass du anders wärst als die anderen."

Sein Kinn spannte sich an. „Wieso? Weil ich nicht so gut bin wie sie? Weil der Daddy von meinem Dad nicht im Orden gewesen ist?", scherzte er.

Ich war kurz davor mit den Augen zu rollen, hielt mich aber rechtzeitig davon ab. Ich schüttelte den Kopf. „Nein", sagte ich scharf. „Weil du immer der Nette warst, der kein Arschloch war. Und das bist du immer noch. Alle wissen von den Wohltätigkeitsorganisationen, an die du spendest, anstatt dir Bentleys oder Privatflugzeuge zu gönnen. Du brauchst den Orden nicht wie die anderen. Du bist reicher als Gott."

„Oh", entgegnete er. Er sah mich irritiert an, so als würde er noch immer nach der Falle suchen, die ich mit meinen Worten gelegt hatte. „Nun, ich denke, ich bin hier, um gleich zu sein. Wenn alle reich sind, kann mich niemand ausnutzen oder Spielchen mit mir spielen. Alle haben Macht und Reichtum. Ich bin von Gleichen umgeben. Ich werde nur wegen dem, was ich tue, aufgenommen oder abgelehnt."

Glaubte er das wirklich? Hatte er keine Ahnung, dass auch das hier ein Spiel mit gezinkten Karten war? Die Ältesten hatten es sich erlauben können, Sully rauszuwerfen, aber Emmett? Er hatte so viel Macht und Einfluss… Glaubte er wirklich, dass die Ältesten so dumm sein würden? Natürlich wollten sie ihn beeinflussen können… Nun, das war eine andere Geschichte. Vielleicht würden sie Emmett bei der Aufnahme also schwerere Aufgaben stellen, nur damit er bewies, wie sehr er das hier wollte.

Männer, die von der Macht benebelt sind, glauben niemals, dass sie verlieren könnten. Mein Vater hatte es nicht geglaubt und was das Ergebnis davon war, konnte man ja klar erkennen.

Wenn Emmett allerdings die Vorstellung davon, dass Menschen ihn benutzten oder ihn ausnutzten, nicht gefiel, dann durfte er niemals erfahren, wieso meine Mutter mich hierhin geschickt hatte. Er würde die Vorstellung davon, dass jemand ihn zur Hochzeit manipulieren wollte, nicht ertragen können. Nicht, dass das einen Unterschied machen würde, aber trotzdem.

„Was ist mit den Schönheiten?", fragte ich, sodass es ein hypothetisches Gespräch wurde. „Respektierst du sie weniger, weil sie reiche Männer ausnutzen?"

Er sah mir in die Augen. „Sie sind ehrlich, dass sie es tun, also respektiere ich sie. Niemand lügt hier einen anderen an. Der Unterschied ist..." Er grinste. „... dass es nicht mein Geld ist, hinter dem sie her sind. Es ist das Geld des Ordens. Das bringt mich allerdings zurück zu meiner ursprünglichen Frage. Wieso bist du hier, Bellamy Carmichael? Du hast das blauste Blut in Darlington County."

Ich lächelte ihn an, während wir zurück zum Haus gingen, und traute mich sogar, ihm zuzuzwinkern. „Ein paar Geheimnisse muss jede Frau haben. Machen wir ein Wettrennen?" Und dann begann ich zu rennen, ohne seine Antwort abzuwarten.

KAPITEL SIEBEN

Emmett

Ich konnte mich daran erinnern, wie ich mir vorgestellt hatte, Bellamy Carmichael zur Prom einzuladen. Ich hatte mir vorgestellt, wie wunderschön sie in abgestimmten Outfits an meinem Arm aussehen würde, welche Blumen ich aussuchen würde und wie aufregend es war, jung zu sein. Wir wären ein so schönes Paar gewesen … Allerdings nur in meinem Kopf.

Nein.

Mädchen wie Bellamy Carmichael gingen nicht mit Jungs wie mir zum Ball.

Jetzt allerdings hatte ich die schönste Frau von Darlington County an meiner Seite, während ich sie zur Halloweenparty auf Oleander Manor begleitete. Ich hatte die Möglichkeit, die Geschichte auf eine sehr kranke, durchtriebene, aber auch perfekte Art und Weise zu berichtigen.

An diesem Abend waren wir allerdings nicht das „schöne Paar". Wir waren unglaublich Geile in einem kranken Spiel um Macht und Geld. Wir waren nicht *schön*.

Sie trug ein schwarzes Kleid aus Satin, das ihren Oberschenkel erreichte. Es war so kurz, dass ich keinen Zweifel daran hatte, dass man ihren Hintern würde sehen können, wenn sie sich vorbeugte, um die Zehen zu berühren. Ihre langen blonden Haare fielen den Rücken herab. Sie hatte sie hochstecken wollen, als sie das Kleid angezogen hatte, aber ich hatte ihr gesagt, dass sie sie offenlassen solle. Ich brauchte an diesem Abend etwas, woran ich mich festhalten konnte. Die schwarzen, über zehn Zentimeter hohen Jimmy Choos, die sie trug, betonten ihre muskulösen Beine und ich hatte noch nie in meinem Leben etwas so sehr ablecken wollen. Ich wollte meine Zunge auf jedem Zentimeter ihrer Schenkel, ihrer Knie...

Ich konnte fühlen, dass sie aufgeregt war, als das schwarze Kleid für sie gebracht wurde. Es lag nicht nur daran, dass sie sich für das Ritual an diesem Abend schick machen konnte, aber dass sie tatsächlich eine der geheimen Partys hier erleben durfte, von denen alle in Darlington wussten, zu denen jedoch niemand eingeladen wurde. Sie waren nicht nur für die Mitglieder des Ordens, sondern für all die Wichser, die sich Ekstase wünschten und zu diesen offenen Veranstaltungen in der Villa kamen.

„Ich wollte schon immer einmal hierhin gehen", sagte Bellamy leise, als wir auf den Ballsaal zugingen. „Ich habe so viele Geschichten gehört..."

„Ich bin mir nicht sicher, ob du immer noch gehen wollen würdest, wenn du die *wahren* Geschichten gehört hättest..."

Mit einem Grinsen und einem attraktiven Funkeln in den Augen sah sie mich an. „Wieso bist du dir da so sicher?"

Ich hielt direkt vor der Tür inne. Auf der anderen Seite war der schwere Bass elektronischer Musik zu hören. Heute gäbe es kein schickes Orchester oder Champagnerflöten. Oh nein. Nicht an diesem Abend. Dieser Abend hatte etwas mit dem Teufel zu tun. Nie kam man der Erfüllung seines hungrigen, sexuellen Verlangens so nah wie in dieser Nacht.

„Regeln", begann ich und drehte sie um, sodass sie mich ansehen konnte.

Ihre dicken Wimpern klimperten, als sie zu mir aufsah und wartete, was ich zu sagen hatte.

„Ich habe die Macht. Ich. Du tust, was ich dir sage. Du stellst keine Fragen und du zögerst nicht. Auch wenn es eine Party ist, werden die Ältesten uns im Blick haben. Sie werden immer hinsehen und was wir heute Abend tun oder nicht, wird genau beobachtet werden."

„Und was genau werden wir tun?"

„Was immer ich möchte", knurrte ich fast, während ich sie wieder umdrehte und in den Ballsaal führte.

Der weiße Ballsaal war schwarz geworden. Kerzenlicht erhellte blutrote Rosen und dicke Samtvorhänge in der Farbe des Nachthimmels bedeckten die Wände. Der Beat der Musik vibrierte in meinem Körper und erhöhte nur das Gefühl der Sünde, die von den Gästen zu tropfen schien. Die Party hatte gerade erst angefangen, aber ich konnte im Saal schon Sex riechen. Nicht irgendwelchen Sex. Peitschen, Ketten, Leder und jedes Sexspielzeug, das man sich vorstellen konnte, waren Teil der Dekoration. Schwarz, roh, wild und erotisch war der Dresscode.

Willkommen zur Halloweenparty.

Einige würden es auch eine BDSM-Party nennen. Es gab allerdings keine weitere Zustimmung, als die einzutreten. Wenn man einmal im Saal war, war nichts mehr garantiert. Man war seinem Partner ausgeliefert. Man gehörte ihm und er gehörte einem. Die Regeln über das, was richtig und was falsch war, verschwommen. Ja und Nein wurden zu einem. Zu einem Etwas, das so mächtig war, dass es nur hinter verschlossenen Türen gesagt werden konnte. Bei dieser Party. An Halloween.

Nimm mich, härter, härter...

In diesem Raum gab es nichts Sanftes.

Es war zu laut, um Bellamy atmen zu hören, aber das schnellere Heben und Senken ihrer Brust und ihrer Schultern verriet mir alles. Sie war nervös. Und das war gut ... Sie sollte nervös sein.

Ich ließ den Blick durch den Raum schweifen, um herauszufinden, wo sich die Ältesten befanden und stellte fest, dass sie uns bereits beim Eintreten beobachtet hatten. Genau wie ich es Bellamy gesagt hatte: Das Ritual hatte begonnen.

Ich senkte meinen Mund an ihr Ohr und sagte: „Lass uns anfangen."

Ihre Augen wurden groß und sie sah mich an. „Wollen wir nicht wenigstens erst etwas trinken?"

Ich antwortete ihr nicht, sondern zog sie herüber zu dem Kreuz, das den Saal dominierte. Überall im Saal waren Spielzeuge verteilt. Von der Schlagbank, zu Tischen mit Ledergurten, Käfigen und Sofas, die da waren, um darauf zu ficken. Das Kreuz allerdings war noch frei und es wäre doch wirklich eine Schande, wenn es in dieser Nacht keine Verwendung finden würde. Es stand wirklich in seiner ganzen Schönheit mitten im Saal und es war an der Zeit für Bellamy und mich, die Show zu übernehmen.

Obwohl Bellamy neben mir lief, konnte ich merken, wie sie langsamer wurde, als wir darauf zugingen. Ich musste sie ein wenig mit mir ziehen und es schien, als würde sie nicht wollen.

„Hast du Angst?", fragte ich, während ich ihr die eine Stufe auf die Plattform unter dem Kreuz hinaufhalf.

„Nein", log sie. Ja, es war ziemlich offensichtlich, dass sie log.

„Die solltest du haben."

Ich verlor keine Zeit und drückte sie mit dem Gesicht auf das Holz. Schnell drückte ich ihr einen Kuss auf den Hinterkopf, während ich das tat. Ich nahm ihr Handgelenk in die Hand und streckte ihren Arm hoch über sie, dorthin wo die Fesseln aus Leder bereits warteten. Als ich das Leder um ihr schmales Handgelenk gelegt hatte, küsste ich auch dieses.

Ja, ich konnte sanft sein … Wenn ich es denn wollte.

Genau dasselbe wiederholte ich mit ihrem anderen Handgelenk sowie ihren Knöcheln, sodass sie breitbeinig dastand. Sie war ein wunderschönes X. Sie war nicht nackt … noch nicht. Das lag allerdings daran, dass ich einen Plan hatte. Ich hatte immer einen Plan.

Ich lehnte mich herab zu ihrem Ohr und flüsterte: „Warte hier, ich bin sofort wieder da."

Ich sah, wie ihr Kopf zu mir herumfuhr und sie mich ansah. Sie versuchte die Brust vom Kreuz zu lösen, hatte allerdings keine Chance. „Warte! Was? Du kannst mich hier nicht einfach allein lassen. Ich bin gefesselt. Ich kann mich nicht bewegen. Ich kann…"

„Doch, das kann ich", sagte ich und drehte mir zur Bar um, wo Cocktails serviert wurden.

Ich war mir sicher, dass jeder Rekrut sich von den Blicken der Ältesten einschüchtern ließ, aber tatsächlich war das bei mir nicht der Fall. Ich war mein ganzes Leben beobachtet und beurteilt worden. Ich war es gewohnt, irgendwie immer im Rampenlicht zu stehen und beweisen zu müssen, dass ich meinen Platz verdient hatte. Dieser Abend war nichts anderes.

Aber die Ältesten konnten wenigstens so lange warten, bis ich einen Whiskey getrunken hatte.

Als ich mit einem Drink in der Hand zu Bellamy zurückkam, konnte ich nicht anders, als mich darüber zu amüsieren, wie ihr Arsch aussah, während sie sich gegen die Fesseln wehrte. Sie sollte wirklich klüger sein. Dachte sie wirklich, dass ich ihr die Möglichkeit geben würde, sich zu befreien?

„Du wirst dir die Handgelenke und Knöchel aufscheuern, wenn du dich weiter so sehr bewegst", tadelte ich sie, als ich auf das Kreuz zukam.

„Du bist ein Arschloch. Du hast mich einfach hiergelassen. Ich kann nichts sehen und ich weiß nicht…"

Ich drückte das Glas mit Whiskey an ihre Lippen. „Trink", unterbrach ich sie. „Du hast gesagt, dass du erst etwas trinken möchtest."

Sie hatte keine Wahl, als die braune Flüssigkeit zu schlucken und es gefiel mir, dass sie nun nichts sagen konnte. Ich stellte fest, wie sehr mich die Vorstellung, sie zu knebeln, erregte und würde diese Fantasie in jedem Fall später in die Tat umsetzen.

Ich wusste, dass die Ältesten ungeduldig wurden, also löste ich das Glas von ihren Lippen und trank den Rest des Drinks selbst. Ich ging hinüber zu einem nahen gelegenen Tisch, wo zwischen anderen Spielzeugen eine Ledergerte lag, die benutzt werden konnte. Bellamy konnte ihren Kopf so weit drehen, dass sie genau sehen konnte, wohin ich ging und was ich auswählte. Ich warf ihr einen Blick zu, als ich das Gewicht der Gerte in meiner Hand fühlte und zog die Augenbraue hoch. Ihre Augen wurden groß und sie leckte sich über die Lippen. Sie wendete ihren Kopf wieder dem Holz zu, so als würde sie sich auf das, was nun folgen würde, vorbereiten.

Ich stellte fest, dass sie noch immer ihr schwarzes Kleid trug und wusste, dass es nicht so bleiben konnte. Auch wenn das, was sie anhatte, extrem sexy war, musste ich zeigen, was für eine schöne Frau sie war. Das … und ich wollte die Striemen, die ich durchs Peitschen hinterlassen würde, sehen. Ich griff nach einem mit Juwelen besetzten Dolch. Einen

Moment hielt ich inne, während meine Gedanken sich überschlugen, wegen dem, was ich alles mit dieser Klinge anstellen könnte.

Ich kam mit meiner Ausrüstung zu ihr herüber. Den Dolch hatte ich mitgebracht, um den Stoff ihres Kleides zu zerschneiden und genau das tat ich auch. Der Satin ihres Kleides war keine Herausforderung für das Metall und das Kleid ging zu ihren Füßen zu Boden. Sie holte tief Luft, als ich schnitt, sagte allerdings kein einziges Wort.

Mein Schwanz wurde bei ihrem Anblick hart, aber eher, weil ich wusste, dass die Ältesten zusahen.

Schaut her, ihr Wichser. Schaut zu, wie die schönste Frau im Saal meinen Namen ruft und seht, wie sie um meinen Schwanz flehen wird, wenn ich mit ihr fertig bin. Schaut nur zu.

Als sie nackt war, legte ich das Messer zu Boden und ergriff die Peitsche. *Es war Zeit anzufangen.*

Zunächst ließ ich das Leder auf ihren Arsch treffen. Nicht heftig, sondern nur als Vorbereitung auf das, was kommen würde. Ich wollte, dass sie sich an das Gefühl des Leders auf ihrer nackten Haut gewöhnte. Sie schnappte nach Luft, zuckte ein wenig zusammen, aber sie drehte sich nicht zu mir um.

Sie war wirklich lustig. Ich würde nicht einfach verschwinden, nur weil sie mich ignorierte.

Ich ließ die Gerte wieder auf sie treffen, heftiger diesmal und grinste, als sie vor Schreck aufschrie. Ohne ihr eine Pause zu gönnen, wiederholte ich es ein paar Mal. Ich peitschte sie aus, bis ihr Hintern rosa und angeschwollen war. Ihr Stöhnen und Schreien vermischten sich mit der Musik, während ich das tat. Ich hatte noch nie in meinem Leben einen so sinnlichen Song gehört. Die Harmonie ihrer Schreie und der Bass der Technomusik führten dazu, dass ich selbst zur Melodie beitragen wollte.

Ich hielt die Gerte noch immer fest, ging zu ihr herüber und flüsterte ihr ins Ohr: „Tut es weh?"

Sie hatte die Augen geschlossen. Ihre Lippen waren geöffnet und sie atmete heftig. „Ich kann es aushalten."

Ich lachte. „Es ist nicht so, als hättest du wirklich die Wahl, aber ich weiß deine Einstellung zu schätzen."

Überall um uns herum erklangen Schreie der Lust, des Schmerzes und die Laute von Sex. Bellamy auszupeitschen war nichts Besonderes im Vergleich zu dem, was die anderen Männer im Saal mit ihren Partnerinnen anstellten, also wusste ich, dass ich mehr würde liefern müssen.

Ich ließ die Gerte fallen, griff nach dem Messer und stellte fest, dass der Griff mit Rubinen, Saphiren und Smaragden verziert war. Er war geformt wie ein Phallus, also machte das, was ich als Nächstes tat, nur Sinn. Ich ließ mir Zeit, bevor ich die Schneide an Bellamys Wange legte, flach gegen ihr Gesicht drückte. Ich wollte, dass sie genau wusste, was ich als Spielzeug benutzen würde.

Ihre Lippe zitterte, als sie sagte: „Du wirst mich nicht schneiden, oder? Bitte tu mir nicht weh."

Ich brachte ein wenig mehr Druck auf das Messer. „Ich würde etwas Perfektes niemals schneiden. Ich kann dir nicht versprechen, dass ich dir nicht wehtun werde. Ich liebe es, wie sich deine Schreie anhören."

Ich drehte das Messer um, hielt es vorsichtig an der Stelle fest, an der Klinge und Griff verbunden waren und drückte den juwelenbesetzten Griff an ihre Muschi. Ich liebkoste damit ihre unteren Lippen. Dass ich nicht alles sehen konnte, machte mich unzufrieden, also ging ich auf die Knie und sah ihre gespreizten Beine hinauf. Das feuchte Fleisch ihrer Muschi begrüßte mich.

„Ich werde dich hiermit ficken", erklärte ich ihr.

Ihr Körper spannte sich an, aber ein Stöhnen entfuhr ihr in dem Moment, in dem ich den Griff in ihr enges Loch schob.

Ich hatte den besten Ausblick im Saal, aber ich konnte die Augen der Ältesten auf mir spüren. Es war, als würden sie ein Loch in meinen Hinterkopf brennen.

Gut. Schaut her, ihr Arschlöcher.

So sieht wahre Macht aus.

Es gab keine Frau in diesem Raum, die sich so sehr nach einem Schwanz sehnte wie mein Mädchen in diesem Moment. Ich konnte es sehen. Ich konnte es riechen. Und als ich meine Finger über ihren Schlitz gleiten ließ, konnte ich es auch fühlen. Ich brachte meine Finger an meine Lippen … Nun konnte ich es auch schmecken.

Bellamys Muschi verschluckte die Diamanten, während ich das Messer in sie schob und wieder herausholte. Ihre Nässe bedeckte den Griff und ich hatte keinen Zweifel, dass sie mehr wollte. Ihr Stöhnen wurde lauter als die Musik und ich sah, dass die Muskeln in ihren Beinen zu zittern begonnen hatten.

Meine kleine Schlampe, die Schmerzen so sehr mochte, würde auf diesem Messer kommen und alle würden es sehen.

Ich stieß es immer wieder in sie und heraus, jedes Mal heftiger und tiefer. Ich wusste, dass sie kurz davor war. Sie war dem Höhepunkt so nah, dass sie in dem Moment, in dem meine andere Hand ihren Kitzler berührte und sie kniff, mit einem Schrei, der die Luft erfüllte, auf meinen Fingern kam.

Ich zog das Messer heraus, warf es zu Boden und küsste mich ihr Bein hoch. Ich küsste ihren Hintern, ihren Rücken, bis ich ihr Ohr erreichte, wo ich flüsterte: „Du bist so ein braves Mädchen. Du hast dir eine Belohnung verdient."

KAPITEL ACHT

Bellamy

Er musste mich aufs Zimmer zurücktragen. Ich hätte vielleicht die Treppe hinaufgehen können, aber er hatte mich in dem Moment, in dem er mich vom Kreuz befreit hat, in die Arme genommen und alle Spannung hatte meinen Körper in dem Moment verlassen.

Das hatte noch nie jemand getan ... Ich meine, offensichtlich hat noch nie jemand so etwas mit mir gemacht. Ich konnte nicht ... Ich konnte noch immer nicht klar denken, obwohl mein Körper voll Energie war, wegen des unglaublichen Orgasmus, den ich hatte, während er mich mit dem Griff des Messers gefickt und der ganze Saal zugesehen hatte.

Ich fühlte mich nicht wie ich selbst. War es möglich, dass man so heftig kam, dass man seinen eigenen Körper verließ? Das war nämlich genau das, was ich fühlte. Ich hatte das Gefühl, außerhalb meines eigenen Körpers zu sein, während ich mich an Emmetts Hals klammerte. Ich war mir nicht sicher, ob ich schon bereit war, in die Realität zurückzukehren.

Als wir das Zimmer erreicht hatten und Emmett mich mitten auf der flauschigen Decke platzierte, konnte ich nicht mehr tun, als zu ihm hinaufzuschauen.

„Was?" Er grinste. „Hast du keinen frechen Kommentar dazu, dass ich dich so zur Schau gestellt habe und allen gezeigt habe, wie geil du auf das bist, was ich dir zu bieten habe?"

Meine Beine zuckten und mein Mund stand offen. Ich sagte allerdings kein Wort. Er grinste, während er über mir schwebte, und es war das Grinsen eines Hais. Er riss sich seine Smokingjacke vom Leib und war genauso aggressiv darin, die Knöpfe seines Hemdes zu öffnen. Schließlich gab er auf und zog es mitsamt seinem Unterhemd über den Kopf.

Er ließ sich aufs Bett fallen und ich beobachtete die Muskeln seiner kräftigen Schultern, während er zwischen meine Beine kroch. Ich schnappte nach Luft, als er meine Schenkel ergriff und sie weit öffnete.

„Du hast das heute Abend so gut gemacht", sagte er, den Mund direkt über meiner intimsten Stelle. Ich wand mich unter ihm, blinzelte, versuchte die Orientierung zu gewinnen. „Gott, du bist wunderschön."

Ich war noch immer nicht ganz da. Es schien nicht wahr zu sein, dass er mir Komplimente machte. Jedes Mal, wenn er es tat, pulsierte es in mir. Er war unten so hart mit mir umgegangen, aber jetzt drückte er die sanftesten Küsse auf meinen Schenkel. Erst der linke, dann der rechte. Jedes Mal, wenn er zur Mitte kam, hob er den Kopf und fing unten wieder an.

Ich blinzelte verwirrt. Meine Hüften hielten einfach nicht still. Ich hatte das Gefühl, von der Lust betrunken zu sein. Was zum Teufel hatte er unten mit mir angestellt? Aber ich war noch nicht bereit, wieder an die Oberfläche zu kommen, also wehrte ich mich nicht, als er meine Hüften festhielt und weiter Angriff und Rückzug an mir übte.

Seine Lippen waren unglaublich weich und dann – Oh Gott, seine *Zunge*.

Ich wimmerte, als er den Bereich zwischen meinen Schenkeln und meiner Intimzone leckte und sich dann wieder entfernte.

„Bitte", stöhnte ich. Meine Finger gruben sich in die Decke.

Er hob den Kopf. „Bitte, *was?*" Ihn dort zu sehen, muskulös wie ein griechischer Gott, direkt zwischen meinen Beinen, brachte meinen Körper zum Erschaudern, aber es war nicht genug, um zu kommen, auch wenn ich kurz davor war.

Es gab nur eins, was ich sagen konnte und in dem Augenblick war es mehr als ein Spiel, was wir spielten oder etwas, dem wir für einen Moment lang zugestimmt hatten, etwas, das uns eine Heidenangst machen sollte, es aber nicht tat. „Bitte, Sir", flüsterte ich. Ich sehnte mich so sehr nach ihm, dass ich den Tränen nah war.

In seinen Augen flammte etwas auf und einen Moment lang hielt er mich einfach und ließ unsere Blicke tief ineinander versinken.

Und dann, ganz langsam, senkte er seinen Kopf und leckte mich in meinem Zentrum. Ich verlor die Fassung. Ich konnte ihm nicht mehr in die Augen schauen. Ich war kaum mehr mit diesem Universum verbunden.

Ich schrie, als ich den Kopf nach hinten warf.

Ich pulsierte und ergoss mich in seinen Mund, während er saugte und mich sauber leckte. Und dann kam ich noch heftiger. Meine Hüften drückten sich in sein Gesicht. Er ergriff grob meinen Hintern, leckte mich noch heftiger und es war noch mehr.

Oh, oh Gott.

Ich schrie, weil ich so heftig kam.

Und dann krabbelte er das Bett hoch und zog dabei die Hose aus. Meine Beine öffneten sich für ihn und dann füllte er mich mit einem Stoß.

Er füllte mich *ganz*.

Das Kopfteil schlug gegen die Wand, während er das Haar in meinem Nacken mit einer Hand ergriff und mich küsste.

Wir hatten natürlich schon Sex gehabt, aber noch nie so. Ich versuchte meine Arme um ihn zu legen, aber er ergriff meine Handgelenke und drückte sie aufs Bett, während er mich nahm. Selbst jetzt dominierte er mich noch.

Mein Orgasmus, der mit seiner sanften, neugierigen Zunge begonnen hatte, hörte gar nicht auf, als sein dicker Schwanz aus mir und wieder in mich glitt. Zunächst war es nur die äußere Reibung, aber dann bewegte er sich und brachte auch mein Inneres zum Glühen.

Ich schrie in seinen Mund und er löste sich von mir. „Augen", verlangte er. „Schrei meinen Namen, wenn du kommst. Lass die ganze Villa wissen, wer dein Herr ist."

Seine dominanten Anweisungen brachten mich in neue Höhen und ich schrie: „Emmett", während ich mich um seinen Schwanz zusammenzog und kam und kam, höher und länger.

Und er nahm mich weiter, eroberte meinen Körper auf eine Art, die ich nie für möglich gehalten hätte.

Und schließlich, als mein Höhepunkt vorüber war, verlangte er: „Noch mal. Ich komme jetzt."

Und ich fühlte es in seiner Haltung, daran, wie seine Muskeln und sein Kinn sich anspannten. Er war kurz davor und es war…

Ich kam erneut. Ich, die noch nie vor diesem Mann mehr als einen Höhepunkt gehabt hatte. „Emmett", stöhnte ich mit heiserer, hoher Stimme, als ein Orgasmus mich von Kopf bis Fuß füllte und dann wieder in meinem Bauch endete.

Er stieß tief in mich, drückte meine Handgelenke auf die Matratze, fixierte mich mit seinem Blick und biss die Zähne so heftig zusammen, dass die Ader auf seiner Stirn pulsierte. Und ich fühlte, wie seine Flut mich füllte, als er tief in mir kam.

Unsere Blicke hatten sich nicht voneinander gelöst. Wir waren in der Ekstase miteinander verbunden. Er dominierte mich und ich war verloren, so an ihn verloren und an die Lust und an die tausend anderen Dinge, die ich nicht verstand. Ich musste sie nicht verstehen. Ich gab einfach auf. Mein Kopf war leer, während ein Tsunami mich von Kopf bis Fuß überrollte.

Erst als er es tat, entspannte ich mich. Wir beide kollabierten zeitgleich. Er rutschte zur Seite, damit er mich nicht mit seinem Gewicht zerquetschte, aber er war noch immer auf mir. Seine wohlige Wärme und sein Gewicht ... So sicher und erfüllt hatte ich mich noch nie zuvor gefühlt. Wenn ich hätte klar denken können, hätte ich wahrscheinlich Angst gehabt, aber das war ich nicht. Es war die wunderschöne Dunkelheit, in die er mich entführt hatte. Ein Ort, wo ich keine weiteren Pflichten hatte, als ihm zu vertrauen.

Als er anfing, sich von mir zu lösen, dachte ich, dass ich weinen würde, aber er war augenblicklich wieder da. Er hatte einen weichen, warmen, nassen Lappen geholt.

Er hielt mich in den Armen, während er mich wusch. Ich war still, beweglich wie eine Puppe. Ich sah mir alles, was er tat, mit großen Augen an. Er allerdings war nicht still.

„Du bist so unglaublich schön", murmelte er, während er mit dem warmen Lappen zwischen meine Beine glitt. „Wertvoll."

Er drehte mich mit so sanften Berührungen um, dass ich

kaum glauben konnte, dass es Emmett war und rieb etwas, was nach Kräutern roch, auf die Stellen, auf die früher am Abend die Peitsche getroffen war. Ich wurde fast auf der Stelle müde.

Desto mehr er flüsterte, wie stolz er darauf war, wie gut ich es gemacht hatte, desto wärmer wurde mir und desto müder wurde ich. Niemand hatte jemals...

Meine Augen waren feucht. Ich schloss sie, damit ich nicht weinen musste.

Als ich langsam den Weg zurück in meinen Körper fand und immer noch beruhigende Hände über ihn glitten, waren meine Gedanken komplett durcheinander. Bisher hatte niemand so viel von mir verlangt und ich hatte noch nie so viel gegeben wie in dieser Nacht. Ich hatte an diesem Abend versucht, perfekt zu sein und es war nicht leicht gewesen. Ich hatte unglaublich Angst vor dem gehabt, was passieren würde, als er anfing, mich an dieses verdammte Kreuz zu fesseln. Aber dann war er an meiner Seite gewesen und das hatte es mir ermöglicht, es zu schaffen.

Zuzulassen, dass er sich so um mich kümmerte ... Das sorgte dafür, dass ich mich noch nackter fühlte, als ich mich unten mit den Ältesten gefühlt hatte, aber ich wich trotzdem nicht zurück. Ich konnte ihn allerdings nicht ansehen, besonders nicht nach dem Sex, den wir soeben gehabt hatten. Am Ende hatte es sich angefühlt, als könne er alles von mir sehen und ich wusste nicht...

Er hatte mehr gesehen als je ein anderer Mensch auf dieser Welt. Was sollte all das heißen?

„Schh", murmelte er, so als könne er meine chaotischen Gedanken lesen. Er stieg neben mir ins Bett. Seine Knie stießen meine an und seine Brust legte sich an meinen Rücken. Als seine Arme mich an ihn schmiegten, entspannte sich mein gesamter Körper. Meine rasenden Gedanken beruhigten sich, bis ihre Oberfläche ein stiller See am Morgen war.

„Schlaf jetzt", verlangte er und so wie alle anderen Befehle, die ich in dieser Nacht befolgt hatte, gehorchte mein Körper auch auf diesen fast augenblicklich.

KAPITEL NEUN

Emmett

Auch wenn es langsam in Georgia kühler wurde, war die Hitze innerhalb der Mauern von Oleander an diesem Tag kaum auszuhalten. Wir hatten definitiv zu viele Tage drinnen verbracht, während wir auf das nächste Ritual warteten und langsam ging mir das an die Substanz. Da es immer leichter war, Bellamy auf die Palme zu bringen, musste ich davon ausgehen, dass es für sie genau so war. Niemand hatte mich davor gewarnt, wie schwer die Monate auf Oleander werden würden. Die Rituale waren nichts im Vergleich zu der Zeit, die wir mit Warten verbrachten.

„Heute scheint der perfekte Tag, um schwimmen zu gehen", erklärte ich und schloss den Laptop, bevor ich mich reckte und aufstand.

Bellamy sah von dem Buch, das sie las, auf und schüttelte den Kopf. „Ich habe keinen Bikini mitgebracht."

Ich nahm ihr das Buch ab. „Den brauchst du nicht."

Ich gab ihr nicht die Möglichkeit, länger mit mir zu streiten. Ich nahm ihre Hand und führte sie aus dem Zimmer, aus der Villa und herüber zum See.

Es war einige Zeit vergangen, seit wir das erste Mal beim See waren und in dem Moment, in dem wir auf ihn zugingen, bereute ich, dass wir nicht öfter hergekommen waren. Das Wasser traf auf das Ufer, die Reflexion der Sonne tauchte alles in schöne Farben und ihr Licht tanzte auf der Wasseroberfläche.

Ich zog die Schuhe aus und drehte mich zu Bellamy um. „Lass uns reingehen. Das Wasser wird sich toll anfühlen."

Es war ein wenig kühler, als ich erwartet hatte, aber trotzdem, nachdem ich nach Luft geschnappt hatte, hob ich die Arme und tauchte unter die Wasseroberfläche. Ich tauchte, bis ich atmen musste, kam aus dem Wasser und schob mir die Haare aus dem Gesicht. Ich ließ mich treiben und sah herüber zum Ufer, wo ich Bellamy stehen und mich beobachten sah, was mich überraschte.

„Kommst du rein?", rief ich ihr zu.

„Ich denke nicht:" Sie sah herüber zu einem Stein am Ufer und ging zu ihm, um sich zu setzen.

„Es ist heiß. Komm rein." Ich schwamm zurück zum Ufer, damit ich sie überzeugen konnte, mit mir ins Wasser zu kommen. „Es ist wirklich nicht kalt. Versprochen."

Sie schüttelte den Kopf. „Das ist es nicht. Es ist nur…"

Ich sah ihr zu, wie sie die Sandalen abstreifte und die Zehen ins Wasser steckte. „Ich habe keinen Badeanzug an."

„Ich auch nicht", stellte ich klar. „Ich glaube, wir brauchen uns voreinander nicht mehr zu schämen." Ich hob die Arme aus dem Wasser und deutete auf die Umgebung. „Hier draußen sind nur du und ich. Du musst dich nicht sorgen, dass dich jemand sehen könnte."

Ihr Blick fiel auf das Wasser und ich konnte sehen, dass sie darüber nachdachte.

„Komm schon", ermunterte ich sie. „Kommst du rein oder muss ich dich reinbringen?"

Sie lachte. „Nein, das schaff ich schon allein." Sie stand auf und zeigte auf mich. „Aber mach ja nicht meine Haare nass."

Ich musste mich wirklich zusammenreißen, um nicht die Augen zu verdrehen. Südstaatenmädchen und ihre Haare...

Ich war allerdings schnell abgelenkt, als sie anfing, sich auszuziehen. Mein Schwanz wurde sofort steif, als sie die Finger in den Saum ihrer Shorts schob, um diese über ihren wohlgeformten Arsch zu ziehen. Als sie sich das Top über den Kopf zog, schenkte sie mir ein freches Lächeln. Sie öffnete ihren BH und ließ ihn auf den Boden fallen, dann zog sie die Unterhose aus und stand nackt da, während ich sie von oben bis unten im Sonnenlicht bewunderte.

Das hier war anders als bei den Ritualen oder im Schlafzimmer. Sie war entblößt, verletzlich und noch verführerischer als je zuvor.

„Ich bin keine wirklich gute Schwimmerin", gestand sie. Sie gab mir nicht die Chance, etwas zu entgegnen, bevor sie neben mich trat und ins Wasser ging.

Sie glitt hinein, aber war vorsichtig, nicht tiefer zu gehen als ihr Hals. Weder ihr Haar noch ihr Gesicht wurden nass.

„Weißt du", fing ich an. „Es ist okay, dein perfektes Make-up und deine Frisur zu ruinieren. Ich verspreche, dass ich niemandem sagen werde, dass du tatsächlich schwimmen gegangen bist."

Mir wurde klar, dass sie noch nie zugelassen hatte, dass ich sie ohne Make-up oder mit zerzaustem Haar gesehen habe. Sie kam nach einer Dusche nie aus dem Bad, bevor sie nicht wieder präsentierfähig war. Das war nicht ungewöhnlich, wenn man hier in Georgia mit Frauen ausging. Es war, als würde ihnen direkt beigebracht werden, dass sie immer

Lippenstift brauchten und einen Föhn zur Hand haben mussten.

„Meine Mutter hätte einen Herzinfarkt, wenn sie wüsste, dass ich in einem See bin. Ladys gehen nicht nackt baden, vor allem nicht tagsüber", erklärte sie und ihr Südstaatenakzent wurde noch ein bisschen dicker.

„Willst du nicht ab und an mal diese Südstaatenregeln brechen?", fragte ich sie, während ich ihr tiefer in den See folgte.

„Ständig", entgegnete sie. „Aber es ist besser, wenn du meine gute Seite siehst. Niemand muss mich ohne Make-up sehen. Das ist kein schöner Anblick."

Auch wenn sie lächelte, während sie das sagte und den Anschein erweckte, dass sie einen Witz machte, war da Traurigkeit in ihren Worten.

„Da muss ich dir widersprechen", entgegnete ich. Ich ergriff ihren Arm und hielt sie davon ab, weiter zu schwimmen. Ihr Kopf schaute aus dem Wasser. „Ich glaube gar nicht, dass du so viel Make-up brauchst, um hübsch zu sein. Du bist natürlich schön."

Sie schnaubte. „Mir ist schon als ich klein war, beigebracht worden, dass natürliche Schönheit nur mit Hilfe erreicht werden kann. Ich glaube, ich trage Lippenstift, seit ich zehn bin, als meine Mutter mir mitteilte, dass ich zu dünne Lippen hätte."

Wir standen im Wasser und sahen einander an. Sie lächelte, ich nicht.

„Das ist wirklich schade, Bellamy. Deine Mutter hätte dir niemals das Gefühl geben dürfen, dass du nicht perfekt bist."

„Niemand ist perfekt." Sie wendete den Blick von mir ab, als sie das sagte. „Aber dafür gibt es Make-up. Wir können alle hübsch sein, wenn wir nur genug Rouge und Lidschatten benutzen."

Ich machte einen Schritt auf sie zu und sagte: „Tauch mit mir."

Ihre Augen wurden groß. „Hast du nichts von dem gehört, was ich gesagt hab? Ich werde nicht…"

„Ich habe alles gehört, was du gesagt hast und ich möchte dir beweisen, dass du unrecht hast. Tauch mit mir."

„Nein."

„Bring mich nicht dazu, dich unter Wasser zu drücken."

„Das wagst du nicht."

„Und wenn doch?", zog ich sie auf.

„Emmett", kreischte sie, als ich sie ergriff.

„Ich werde dich nicht zwingen. Komm schon, Bellamy. Trau dich. Hör auf, deine Mutter zum Schwimmen mitzunehmen. Brich einmal im Leben die Regeln. Hör auf, auf deine Mutter zu hören. Schwimm mit mir."

Ich konnte sehen, wie sie über meine Worte nachdachte. Schließlich, ohne Vorwarnung, tauchte sie komplett unter.

Ich jubelte vor Freude, als ich ihr nach tauchte und mit ihr schwamm, ungehindert von den Regeln dieser altmodischen Gesellschaft.

Einige Augenblicke später tauchten wir beide auf. Wir schnappten nach Luft und fühlten uns lebendiger, als wir es seit der Ankunft auf Oleander getan hatten. Freiheit.

Ihre nassen Haare klebten an ihrem Gesicht. Ihr Make-up war, mal abgesehen von ein wenig schwarzer Farbe um ihre Augen herum, komplett verschwunden.

„Ich habe noch nie jemanden gesehen, der hübscher ist als du in diesem Moment", sagte ich ihr und meinte es vollkommen ernst.

Ich eroberte Bellamys Mund mit meinem, verlangte mehr als zuvor mit meiner Zunge. Ich konnte von dieser Frau nicht genug bekommen. Sie war wie eine Droge und ich war bereits von ihr abhängig. Ich glaube nicht, dass es möglich war, noch schöner zu sein, als ich sie sowieso schon fand, aber mit dem Wasser, das über ihre perfekte Haut tropfte und dem ungebändigten Haar um ihr Gesicht, wurde mir klar, dass ich sie nie wieder anders sehen wollte.

Ich wollte in ihr sein. Es war ein Verlangen, das ich kaum kontrollieren konnte. Und danach noch einmal. Es gab nicht genug Stunden am Tag, in denen ich mein Bedürfnis, sie zu ficken würde befriedigen können. Ich wollte sie kennzeichnen. Ich wollte sie zu meiner machen. Meine wilde Seite übernahm, aber da war noch mehr...

Etwas tief in mir, dass mir Angst machte, wenn ich zu sehr darüber nachdachte.

Bellamy löste sich von meinen Lippen und starrte mich mit ihren großen blauen Augen an. „Ich muss wirklich schrecklich aussehen."

„Du bist wunderschön. Noch schöner, als ich je mit Worten ausdrücken könnte. Es ist wirklich eine Schande, dass deine Mutter und unsere Gesellschaft dafür gesorgt haben, dass du Zweifel daran hast. Du musst dich nicht schminken, um schön zu sein, denn das bist du schon von ganz allein."

Sie drückte ihren nackten Körper an meinen und ich verlor die Fassung. Alle Kontrolle war verloren, als ihre Schenkel die meinen berührten.

Ich drehte sie herum und drückte meine Brust an ihren Rücken. Ihre Brüste wurden von meinen Händen bedrückt und mein Schwanz drückte sich an ihren Hintern. Ich knabberte an ihrem Ohr und flüsterte: „Du machst etwas mit mir. Du bringst in mir eine Seite heraus, die möchte, dass ich dich zu meiner machte."

Als ich an ihren Hals knabberte, erinnerte ich mich an die Rituale und all den Sex, den wir gehabt hatten. Etwas fühlte sich diesmal anders an.

Ich musste sie nicht ficken.

Sie musste sich nicht von mir ficken lassen.

„Du sorgst dafür, dass ich mich … anders fühle. Dass ich ich sein kann", entgegnete sie, während sie den Kopf zur Seite legte, sodass ich sie besser beißen und küssen konnte. Der kleine Laut der Lust, der ihr entfuhr, brachte meinen Schwanz zum Zucken.

„Bitte hab nie das Gefühl, dass du dich verstellen musst", sagte ich zwischen den Küssen an ihrem Hals, ihren Schultern, ihrem Schlüsselbein.

Ich massierte ihre Brüste und mein Schwanz pulsierte noch heftiger, als Bellamy vor Lust stöhnte. Sie hatte eindeutig nicht das Bedürfnis, ihr erwachtes Verlangen zu verstecken.

„Ich möchte nicht, dass du aufhörst", murmelte sie, während sie hinter sich griff und meinen Arsch erfasste, um mich näher an sich zu ziehen. Die Handlung sorgte dafür, dass ich tiefer zwischen ihre Arschbacken rutschte. Ich war so unglaublich nahe an ihrem engen, verbotenen Loch.

„Ich hatte nicht vor aufzuhören."

Ich senkte die Hand, die mit ihren Nippeln gespielt hatte und ließ sie über ihren Bauch herab zu ihrem Schlitz gleiten. Ich legte sie auf ihren Venushügel und knurrte fast in ihr Ohr. Als ich ihren Kitzler gefunden hatte, drückte ich sanft und bewegte meinen Finger vorsichtig im Kreis. Ich hörte, wie ihr der Atem stockte und genoss, wie sehr ihr meine Berührungen offensichtlich gefielen. So, wie sie sich gegen meine Hand drückte, wollte sie mehr. Ich wusste, dass ich sie so zum Höhepunkt bringen konnte, aber ich verfolgte noch ein weiteres Ziel.

Ich nahm meinen Schwanz mit der anderen Hand und schob ihn in sie, tauchte in die seidige Wärme ab. Ich stöhnte laut, als ich begann, sie zu nehmen und fühlte, wie sie sich um mich schloss. Das Wasser des Sees zwischen unseren Körpern sorgte für kleine Wellen, die uns liebkosten.

Bellamy klammerte sich an die Hand, die noch immer auf ihrem Venushügel lagt und ihr Stöhnen verband sich mit meinem. „Emmett", wiederholte sie immer wieder, wenn sie nicht gerade nach Luft schnappte. Die lustvollen Töne von ihren Lippen verzauberten mich vollkommen.

Ich hatte noch immer ein anderes Ziel und zog meinen Schwanz aus ihrer engen Muschi. Ich ergriff ihn erneut, aber diesmal führte ich ihn an ihren Hintereingang.

Ich musste sie einfach so nehmen.

Ich wollte sie auf die intimste und ursprünglichste Weise haben.

Sie war erneut die perfekte Sklavin, auch wenn sie davon keine Ahnung hatte, und beugte sich ein wenig vor, damit ich es einfacher hatte. Als ich ihr kleines Loch erreichte, drückte sie sich gegen meinen Schwanz. Diese einfache Reaktion zeigte mir ohne Worte, dass sie mich genauso sehr dort haben wollte, wie ich dorthin wollte.

Sie atmete heftig ein, als meine Schwanzspitze in ihren Anus eindrang. Alles, was ich tun musste, war ein kleines bisschen zu drücken. Ganz langsam weitete ich sie. Ich achtete genau auf ihre Laute, um herauszufinden, ob es ihr nicht gefiel oder sie Schmerzen hatte. All ihre Geräusche drückten allerdings Lust und wilde Leidenschaft aus.

Ich legte ihre nassen Haare um meine Faust und zog an ihnen, bis sie zu mir sah. „Entspann dich", wies ich sie an. „Gewähr mir Einlass."

Ihre Augen schimmerten. Ihr Mund war ein wenig geöffnet. Sie nickte. Und ich konnte fühlen, wie sie sich entspannte und mich in sich aufnahm. Alles, was ich tun musste, war noch ein wenig zu drücken.

Mein Schwanz zuckte, als sie laut stöhnte. Es war ihr

egal, ob irgendjemand sie hörte. Sie eroberte ihre geheimsten Bedürfnisse im hellsten Sonnenschein. Ich belohnte sie, indem ich meinen Finger, der noch immer auf ihrem Kitzler lag, bewegte. Ich hoffte, dass ich sie mit meinem Schwanz tief in ihrem Hintern zum Orgasmus bringen konnte.

„Ich werde tiefer gehen, heftiger", warnte ich sie.

Sie nickte und stöhnte laut. „Dein Finger. Dein Schwanz in mir. Alles…" Sie schnappte nach Luft, als ich noch tiefer in sie glitt. „… Ich werde wieder kommen."

„Ja, meine Schönheit. Komm mit meinem Schwanz in deinem Arsch. Komm für mich, Bellamy."

Es dauerte nicht mehr lange, aber ich wartete, bis ich ihr lusterfülltes Stöhnen vernahm, was mir zeigte, dass sie kurz davor war. Ihr Hintern zog sich um meinen Schwanz zusammen und ich musste mich zusammenreißen, um nicht in ihr zu kommen. Elektrische Funken der Lust flogen durch jede Vene meines Körpers.

Erst als Bellamy sich umdrehte und mich sanft auf den Mund küsste, entkam ich dem Gefühl, meinen Körper verlassen zu haben. Jeder Zentimeter meiner Haut vibrierte vor Euphorie. Ich zog sie an meine Brust, beugte mich vor, küsste sie auf die Stirn, die Nase, die Wangen und dann auf die Lippen.

Ich fühlte sie zittern und stellte fest, dass ich ihre Gänsehaut fühlen konnte, während ich ihren Rücken streichelte. „Dir ist kalt."

„Das Wasser ist kalt", sagte sie und kuschelte sich enger an mich.

Ich zog sie an der Hand in Richtung Ufer. Ich wollte sichergehen, dass sie sich wohlfühlte, dass ihr warm war. Das Bedürfnis, sie zu beschützen und immer dafür zu sorgen, dass sie sicher war, war wie ein Schlag in die Magengrube. Sie gehörte mir. Sie gehörte mir, aber ich musste mich auch um sie kümmern.

Diese Gefühle waren neu für mich, aber das hieß nicht, dass sie nicht da waren.

Ich konnte sie nicht länger ignorieren.

Irgendwas passierte hier mit Bellamy. Irgendwas, was mehr war als der Sex bei den Ritualen.

KAPITEL ZEHN

Bellamy

Die Wochen vergingen doch seit der Sache im See ... war alles anders. Emmett liebte es noch immer, mich zu dominieren, aber es war als wenn ... Ich wusste ehrlich gesagt nicht einmal, wie ich es erklären sollte. Wir gingen vertrauter miteinander um. Der Sex war nicht sanfter. Gott, wenn überhaupt, dann ging er noch weiter und nahm mich heftiger, seit er meinen Arsch erobert hatte. Aber es war anders. Jedes Mal, wenn er mich an den Rand brachte und sich danach um mich kümmerte, egal ob während der Rituale oder wenn es nur wir beide im Schlafzimmer waren, war es aufregend.

Ich war mir nicht sicher, was ich davon halten sollte.

Und zum ersten Mal seit langer Zeit war ich ... glücklich. Was absoluter Wahnsinn war, wenn man bedachte, was von uns verlangt wurde. Erst vor ein paar Tagen hatte ich Stunden vor einer Reihe von Männern verbracht, die Wackelpudding mit Schnaps von meinem Körper getrunken hatten. Niemand außer Emmett durfte mich ficken, aber ich konnte seine

Anspannung fühlen, während die Männer meinen Körper ableckten und mich anfassten, während sie sich an mir betranken.

Als wir zurück aufs Zimmer gekommen waren, hatte er mich direkt in die Dusche gebracht. Dort hatte er mich gründlich mit einem Schwamm abgewaschen und dann die nächsten drei Stunden damit verbracht, mich mit einem Penisring zu ficken, damit er steif blieb. Es war so gewesen, als hätte er die Erinnerung an jede andere Hand, die mich berührt hatte, wegficken wollen.

Es hatte definitiv funktioniert. Manchmal dachte ich sogar, dass es zu gut funktionierte. Denn die Gedanken an Emmett erfüllten mich ständig.

So langsam sollte ich den Mann leid sein, schließlich war ich den ganzen Tag lang mit ihm eingesperrt. Er allerdings hatte immer wieder neue Einfälle, wie er mich dominieren konnte, wenn er merkte, dass ich rastlos wurde. Manchmal ließ er mich an seinen Füßen sitzen, während ich las, und seine Finger glitten durch mein Haar. Das sollte sich eigentlich erniedrigend anfühlen, so als würde er einen Hund streicheln. Das tat es allerdings nicht. Ich hatte angefangen, mich nach seinen Berührungen zu sehnen und das wusste er genau.

Es gab Tage, an denen er mir befahl, mich selbst zu befriedigen, während er arbeitete – immer wieder, stundenlang. Er kannte kein Erbarmen und ich wusste nie, in welcher Stimmung er sein würde. Jeden Tag allerdings, häufig mehr als einmal, nahm er sich die Zeit für eine Pause und spielte mit mir. Er sagte, dass er mich trainierte.

Der Mann war komplett von meinem Arsch fasziniert. Ihn zu versohlen, Plugs hineinzustecken, Analperlen mochte er ebenfalls besonders. Und natürlich mochte er es, mich in den Hintern zu ficken. Das tat er allerdings nur ein oder zwei Mal in der Woche. Es war, als sei es eine besondere Belohnung für ihn. In der Zwischenzeit nahm er jedes andere Loch.

Er liebte es, zu telefonieren, wobei ich unter dem Tisch zu seinen Knien saß und er heftig mein Gesicht fickte, während er dafür sorgte, dass seine Stimme monoton und geschäftsmäßig blieb. Er war immer ganz da, wenn wir Liebe machten, vor allem nach diesen Anrufen und ich verstand es. Ja, er wollte die Ältesten beeindrucken, aber dieser Ort war tatsächlich gemacht für jemanden, der auf diesen kranken Scheiß stand, so wie er.

Die Unsicherheit während der Rituale missfiel ihm, aber er liebte es, mich zu nehmen und mich vor den anderen Männern zu dominieren. Sein neuster Lieblingstrick war es, mir an den Tagen mit den Ritualen den Höhepunkt zu verwehren. Er verbrachte Stunden damit, mich geil zu machen, brachte mich bis kurz davor, ließ mich allerdings nicht kommen. Er wollte den Ältesten die spektakulärste Show bieten. Es war grausam. Es trieb mich fast in den Wahnsinn. Ich war so feucht, dass ich tropfte, weil ich mich nach seiner Berührung sehnte. Ich hatte nicht einmal gewusst, dass ich etwas so sehr brauchen könnte.

Und die Dinge, nach denen mein Körper sich wegen ihm sehnte … Gott. An diesem Abend fand ein Ritual statt und während unseres langen Mittagessens hatte er mit mir gespielt und gespielt und jedes Mal innegehalten, wenn mein Orgasmus über mich niederzubrechen drohte. Und dann, als er zurück an die Arbeit gegangen war, hatte er mich mit einem Vibrator in meiner Muschi zurückgelassen, den er im Laufe des Nachmittags immer wieder an und ausschaltete und unterschiedliche Geschwindigkeiten ausprobierte. Immer, wenn ich mich wieder beruhigte, schaltete er das verdammte Teil wieder an und brachte mich wieder kurz vor den Höhepunkt. Es war eine nicht endende Tortur.

Immerhin ließ er mich allein duschen. Ich war versucht, mir selbst einen Orgasmus zu bescheren, während ich darunter war, aber ich wusste es besser. So wie ich Emmett kannte, war das hier wahrscheinlich ein Test. Ich konnte diesen Mann nicht mehr anlügen und es war unvermeidlich, dass er mich danach fragen würde.

Ich wusste, dass ich, wenn ich ein braves Mädchen war, immer und immer wieder vor den Ältesten kommen durfte, aber wenn ich ungehorsam war, würde ich bestraft werden und die Strafe würde lange bis nach dem Ritual anhalten. Beim letzten Mal, als ich ihm nicht gehorcht hatte, hatte er mich tagelang schmoren lassen. Er hatte nicht nur keinen Sex mit mir, sondern strafte mich weiterhin mit Schweigen. Er sprach einfach nicht mit mir.

Es war schockierend, wie heftig mein Körper, der sich so an den Sex gewöhnt hatte, nach dem fast dauerhaften Höhepunkt rebellierte. Ich hatte mich danach gesehnt und ihn angefleht, mich zu bestrafen. Ich hatte versprochen, dass ich von da an ein braves Mädchen sein würde. Es war einfach eine Rolle, die ich spielte, das redete ich mir zumindest ein. Es war nur, weil wir hier waren und mir so langweilig war.

Trotzdem war ich der Verzweiflung nahe, als er mich einen weiteren Tag leiden ließ, bevor er mir ausgiebig den Hintern versohlte, und zwar so heftig, dass ich am nächsten Tag kaum sitzen konnte. Aber danach hatte er mich massiert und den nächsten Tag über gefüttert. Ich hatte mich noch nie so gut umsorgt und wertvoll gefühlt. Mir war klar, dass ich alles ertragen würde, um mich nicht noch einmal so zu fühlen.

Ich kam aus der Dusche und lächelte ihn an. Ich war noch immer ein wenig schockiert über die Wärme, die sich in meiner Brust ausbreitete, wann immer ich ihn sah. Es war ein neues, ungewohntes Gefühl.

Seine dunklen Augen fanden mich. Ich wartete darauf, dass sein normales Lächeln sein Gesicht erfüllte und auf die Funken, die zwischen uns sprühten. Ich trug nichts weiter als mein Handtuch und ja, vielleicht versuchte ich, ihn dazu zu bringen, seine eigenen Regeln zu brechen und mich vor dem Ritual zu nehmen.

Er verzog allerdings das Gesicht und schaute auf die Uhr. „Wieso bist du nicht fertig? Wir müssen gleich los."

Ich blinzelte, war plötzlich unsicher. Meine Hände ergriffen den Saum des Handtuchs, das ich um mich gewickelt hatte. „Keine Sorge, in der Schachtel war sowieso nichts weiter als Pumps und es dauert nicht lange, die anzuziehen."

Er starrte mich einfach nur an. „Aber willst du dir nicht die Haare machen? Und dein…" Er deutete auf mich. „… Make-up und all das?"

Mein offenes Herz, das ihm vertraut hatte, zerbrach und fiel zu Boden. Ich schluckte und nickte, wich zurück und verschwand schnell wieder im Bad.

Er stand auf und ich sah, dass er bereits die Anzughose und das perfekt gebügelte Hemd trug, an dem seine mit Diamanten besetzten, goldenen Manschetten angebracht worden waren. „Es ist nur … du musst einfach perfekt sein. Roter Lippenstift wäre gut."

Weg. Ich musste einfach nur von ihm wegkommen. Ich drehte mich um und floh ins Bad, schloss die Tür hinter mir. Ich musste ihn aussperren. Ihn und seine Worte.

Ich schloss die Augen und hörte andere Worte in meinen Ohren. Die Worte meiner Mutter. *Geh nicht einmal ohne Schminke zum Briefkasten. Du musst perfekt sein. Irgendjemand sieht dich immer.*

Ich öffnete die Augen und betrachtete mich selbst im Spiegel. Mein Gesicht war blass und unter meinen Augen waren Ringe sichtbar. Und meine zu schmalen Lippen…

Gott, Emmett war so ein verdammter Lügner. Er war genau wie alle anderen. Er glaubte nicht, dass ich perfekt war, wie ich war. Das war ich nämlich nicht. Gott, ging es am Ende nicht genau darum, wenn er mich dominierte? Ich war nicht gut genug, so wie ich war.

Ich hatte mir selbst etwas vorgemacht, als ich geglaubt hatte, dass er mich respektierte oder dachte, dass ich wunderschön sei. Und Gott, ich war die letzten Wochen ohne Make-up durchs Zimmer stolziert. Ha, wahrscheinlich hatte ich ihm einfach nur bewiesen, wie unrecht er mit der Make-up-Sache gehabt hatte. Jetzt, wo ich darüber nachdachte, hatte er mich häufig von hinten genommen. Konnte er es überhaupt aushalten, mich anzusehen, während er kam?

Ich riss die Schublade auf, in der mein Make-up war und starrte all das, was ich mein Leben lang benutzt hatte, um mich in das perfekte Abbild von Weiblichkeit zu verwandeln, an. Ich begann mit dem Lipliner, malte außerhalb meiner Lippen, um sie deutlich voller wirken zu lassen.

Als ich schließlich wieder herauskam, perfekt geschminkt und schön, was mich fast eine halbe Stunde gekostet hatte, stand Emmett in seinem Anzug mit Krawatte da und sah nervös aus.

„Meinst du nicht, dass du etwas eher hättest fertig sein können?", fuhr er mich an. „Wir sind fast zu spät. Was glaubst du, was das für einen Eindruck auf die Ältesten machen würde?"

Ich wollte ihm zeigen, was ihn mir steckte und ihm sagen, dass er mich mal konnte, dass es mir vollkommen egal war, was diese dummen, alten Säcke dachten…

Stattdessen tat ich das, was ich mein ganzes Leben lang getan hatte. Ich war ein braves Südstaatenmädchen. Ich nahm es, wie es kam, ging und zog die viel zu hohen, glitzernden Schuhe an, bevor ich seinen Arm ergriff. Er hielt nicht einen

Moment inne, bevor er uns aus dem Zimmer führte. Er hatte schließlich nur ein Ziel. Ich war nur sein Accessoire. Ich sollte hübsch aussehen und ein geiles Loch sein, das man ficken wollte.

Ich war froh, dass er mich daran erinnert hatte, wo ich stand, bevor ich komplett den Verstand verloren und geglaubt hatte, dass das hier mehr war, als es war.

Normalerweise war ich ein wenig aufgeregt, wenn wir zu einem Ritual gingen. Normalerweise freute ich mich, den Ältesten eine Show zu liefern. Ich genoss die besondere Verbindung zwischen Emmett und mir, während wir die perversen akrobatischen Akte leisteten, die an diesen Abenden von uns gefordert wurden.

In diesem Moment wollte ich allerdings nur umkehren, hinaufrennen und das, was sich wie ein Pfund Make-up in meinem Gesicht anfühlte, abwaschen. Stattdessen nahm ich die letzte Stufe der großen Treppe und folgte Emmett in den weißen Ballsaal. Anders als sonst spielte dort allerdings keine Musik und es waren keine anderen Frauen da, die sich an die Mitglieder in ihren silbernen Roben schmissen.

Die Ältesten trugen ihre silbernen Umhänge, genauso wie die anderen Mitglieder, die einfach nur dastanden. Es stand ein Stuhl aus Mahagoni im Saal und ein wenig davon entfernt sah ich etwas, das aussah wie eine lange Massageliege. Und das war es. Ich wurde noch nervöser, während Emmett mich weiter in den Saal führte.

„Steig hoch und leg dich auf den Rücken", wies ein Ältester mich an, als wir die Massageliege erreichten. Emmett ließ meine Hand los und ich fühlte mich einsam, während ich das tat, was mir aufgetragen worden war. Mir gefiel das nicht. Ich wusste, dass die Rituale mit der Zeit immer heftiger wurden, aber das hier gefiel mir nicht. Kein bisschen.

Ich versuchte mich zu entspannen, während Emmett mir gegenüber auf dem Stuhl Platz nahm.

Erst als der Tätowierer mit seinem Stuhl und einem Koffer voller Instrumente herauskam und begann, sich einzurichten, wobei er auch eine Tätowiermaschine hervorholte, bekam ich wirklich Panik.

Ich richtete mich auf und schüttelte den Kopf.

„Leg dich hin", befahl Emmett mir leise und warf mir böse Blicke zu.

Ich hob die Hände, schüttelte unbewusst immer wieder den Kopf. „Nein. Ich mache nichts mit Nadeln."

Emmett stand auf und ich konnte sehen, wie wütend er war. Er kam zu mir herüber, drückte eine Hand auf meine Brust, so als würde er mich wieder hinabdrücken wollen, aber ich schlug sie weg. Mir entging das Murmeln in den Reihen der Ältesten nicht, aber Emmett war nicht der Einzige, der wütend werden konnte.

„Fass mich nicht an", fauchte ich.

Normalerweise waren Emmetts Augen dunkel, aber jetzt, wo ich mich weigerte, wurden sie tatsächlich schwarz. Er lehnte sich vor und seine Stimme war eisig. „Du bringst mich in Verlegenheit."

„Oh, nein, wie schrecklich", murmelte ich leise.

Seine Hand hob sich, ergriff mein Kinn und zwang mich, ihn anzusehen. „Ich weiß nicht, wieso du dich so verhältst, aber du hörst auf der Stelle auf damit. Du wirst dich ohne ein weiteres Widerwort tätowieren lassen und dich danach bei ihnen dafür bedanken."

Ich wollte ihm die Augen auskratzen. Wohin war der sanfte Mann verschwunden, der mich beschützen wollte, der mir wehtun wollte, aber nur, um mir Lust zu verschaffen? Er war weg und stattdessen stand ein sadistischer Bastard vor mir, den nur interessierte, wie es für die Menschen, die uns beobachteten, aussah.

Liefere eine gute Show, egal wie du dich wirklich fühlst.

Friss es in dich rein. Wen interessierte es schon, ob man im Inneren vollkommen verdorben war? Nach außen hin sahen wir alle großartig aus, so als hätten wir die Kontrolle.

Wir würden *perfekt* sein.

„Ich hasse dich."

Er wich zurück, als wenn ihn das verletzt hatte. Das war ja wohl ein Scherz. Ich schüttelte den Kopf, schloss die Augen und legte mich hin, wie es eine gute Puppe tat, schließlich bezahlten sie mich dafür.

Ich würde das hier irgendwie überstehen. Ich hasste Nadeln. Ich hasste Schmerzen. Die Tatsache, dass Emmett mich dazu brachte, diese Dinge zu tun, war nur eine weitere Bestätigung für die Macht, die ich ihn hatte über mich ausüben lassen.

Nun, all das war nun vorbei. In diesem Moment, in dieser Nacht, mit dem ersten Stechen der Nadel an meiner Hüfte. Ich spannte mich an. Mein Körper zuckte, als die Nadel sich gegen meinen Hüftknochen drückte. Ich gab mein Bestes nicht zu weinen. Gott im Himmel, das tat weh.

Aber hatte ich wirklich erwartet, dass es sich anders anfühlen würde, wenn sie ihr verdammtes Preisschild auf mich tätowieren ließen? Ich hielt die Augen geschlossen, während die Tränen meine Wangen herabliefen. Einzig und allein zufrieden war ich mit der Tatsache, dass ich wusste, das meine perfekte Mascara schwarze Spuren hinterlassen würde.

KAPITEL ELF

Emmett

„Dein Verhalten heute Abend wird Konsequenzen haben", sagte ich mit zusammengebissenen Zähnen. Ich musste mich wirklich zusammenreißen, um die Fassung zu bewahren.

„Fick dich und deine Konsequenzen." Bellamy stürmte in unser Zimmer und warf die Schuhe in die Ecke. „Ich bin deine dreckigen Spielchen leid. Bin leid, wie du mir sagst, wo ich mich hinknien soll, wann ich dir einen blasen soll, wann ich kommen soll. Es reicht."

„Bellamy…" Ich hatte gehofft, dass sie die Warnung in meiner Stimme gehört hatte, denn ich war wirklich kurz davor, auszurasten und etwas zu sagen oder zu tun, was ich bereuen würde.

Sie warf mir einfach einen bösen Blick zu. „Ich kann nicht glauben, dass du das zugelassen hast!" Sie sah hinab zu ihrer Hüfte. „Ich habe ein Tattoo auf mir. Für immer!"

„Es war ein Ritual, Bellamy", sagte ich. Ich spürte, wie

die Wut in mir hochkochte, auch wenn ich bewusst langsam atmete und versuchte, mir meinen inneren Frieden zu bewahren. „Und du hast dafür gesorgt, dass es für uns beide peinlich war."

Sie drehte sich von mir weg und schnaufte: „Peinlich? Machst du Scherze? Du machst dir Sorgen darüber, wie es ausgesehen hat und nicht…" Sie sah sich ihr Tattoo erneut an. „… wegen der Tatsache, dass wir beide fürs Leben gezeichnet sind? Ich weiß nicht, wieso du so tust, als sei dein Verhalten heute Nacht akzeptabel gewesen."

„Was hast du erwartet?", fragte ich, während ich hinüber zur Kommode ging, auf der eine Flasche Scotch und einige Kristallgläser standen. Ich brauchte grade mehr als jemals zuvor in meinem Leben einen Drink. „Hätte ich mich um dich kümmern sollen und deine Hand halten, während du ein Ritual durchmachst, für das du dich freiwillig gemeldet hast? Hätte ich dich ‚Liebling' nennen und dich wie die Prinzessin behandeln sollen, die du dein ganzes Leben lang gewesen bist?"

„Du bist ein Arschloch." Sie holte etwas zum Anziehen aus dem Schrank und stürmte dann ins Bad, wo sie die Tür hinter sich zuschlug. „Du hättest dich heute Abend wenigstens wie ein einigermaßen anständiger Mensch verhalten können", hörte ich von der anderen Seite der Tür.

„Wenn du dachtest, dass die Rituale einfach sein würden, dann hast du dich geirrt. Ich habe dich nicht gezwungen, nach Oleander zu kommen. Ich habe dich nicht gezwungen, all dem hier zuzustimmen", schrie ich die Tür an, während ich mich aufregte, dass sie nicht vor mir stand. „Ich werde nicht mit dir durch eine geschlossene Tür streiten."

Ich ging, den Scotch in der Hand, hinüber zum Sessel am Kamin und beschloss, sie den Rest des Abends zu ignorieren.

Wir würden keine Lösung finden, wenn wir beide so wütend waren und auch wenn es gegen alles sprach, was für mich die Beziehung zwischen einer Sklavin und ihrem Herrn ausmachte, musste es für diese Nacht ruhen.

Als sie schließlich aus dem Bad kam, trug sie Leggins und ein Tanktop. Das schlichte Outfit erinnerte mich daran, wie schön sie war, wenn sie kein perfektes Make-up trug und nicht schick gekleidet war.

Nicht, dass ich ihr das jetzt sagen würde.

„Und nur fürs Protokoll…", begann sie mit ruhigerem Tonfall. Dass sie ins Bad gegangen war, hatte uns beiden geholfen, wieder ein wenig zur Ruhe zu kommen. „Ich bin nie davon ausgegangen, dass die Rituale einfach sein würden. Ich war allerdings davon ausgegangen, dass ich einen Partner an meiner Seite haben würde. Ich hatte jemanden erwartet, auf den ich mich verlassen konnte, der mich bei all dem hier unterstützt. Was heute Abend passiert ist, war … Misshandlung."

Ihr Vorwurf war wie ein Schlag ins Gesicht. Ich war noch niemals in meinem Leben als jemand bezichtigt worden, der Menschen misshandelt. „Misshandlung? Machst du Scherze? Wie habe ich dich misshandelt?"

„Du hast mich gezwungen, mich tätowieren zu lassen."

„Der Orden des Silbernen Geistes hat dich gezwungen. Das Ritual hat dich gezwungen. Verdammt … Diese ganze kranke Situation hat dich gezwungen. Ich habe nur von dir erwartet, dass du deinen Teil der Abmachung erfüllst. Wir haben vereinbart, dass wir alles, was wir machen, perfekt machen würden."

Sie schmiss sich aufs Bett und drehte sich auf die Seite. „Ja, das weiß ich, Emmett. Nur dein Verlangen, perfekt zu sein und dein krankes Bedürfnis, die Ältesten glücklich zu machen, damit sie denken, dass du der Beste seist, ist anstrengend. Wieso zum Teufel ist dir das so wichtig? Wen interessiert es, ob wir uns heute Abend zum Affen gemacht haben? Mich ganz sicher nicht."

„Mir gefällt nicht, wie du mit mir sprichst und mir gefällt noch weniger, was du sagst. Hat deine Mutter dir nicht beigebracht, wie eine Lady spricht?"

Meine Worte schienen wie ein Schlag in ihr Gesicht gewesen zu sein, ähnlich wie ihr Vorwurf, dass ich sie misshandelt hätte.

Sie war eine Weile still und ich trank von meinem Scotch, um mich zu beruhigen. Ich mochte es nicht, die Kontrolle verloren zu haben, aber diese Frau brachte mich wirklich aus der Fassung.

„Ich dachte, du seist anders als die anderen", sagte sie schließlich leise. „Aber du bist genauso ein Arschloch wie alle anderen in Darlington. Wie man dich sieht, bedeutet dir alles. Du bist Teil der Krankheit, die diesen Ort heimsucht. Du willst dich nicht der Tatsache stellen, dass du hier niemals hineinpassen wirst. Niemals. Du bist neureich und sie kommen aus alten Familien. Du versuchst es so sehr, aber sie werden immer hinter deinem Rücken über dich lachen. Das Leben, das du haben möchtest, ist eine Farce. Alles ist nur eine Farce."

„Schon komisch, dass du das sagst. Du bist die Königin der Farce. Ich dachte auch, dass du anders wärest, Bellamy. Am Ende bist du aber nur eine arrogante Südstaatenschönheit, die wütend wird, wenn die Männer ihr nicht aus der Hand fressen und sie anbeten."

Die Tränen stiegen ihr in die Augen, doch sie blinzelte sie weg, bevor sie sagte: „Du bist genau derselbe Loser, der du in der High-School warst, obwohl du dich so bemüht hast, die

Leute dazu zu bringen, dich zu mögen. Du hast dort damals nicht hingehört und du gehörst auch heute nicht hierher. Es ist wirklich armselig. Du hast nie Rückgrat bewiesen und gerade zeigst du den Ältesten nichts weiter, als wie schwach du wirklich bist und wie viel Aufmerksamkeit du brauchst. Du willst ihnen so sehr gefallen, dass du dich selbst zum Idioten machst."

Ich konnte die Wut nicht länger kontrollieren und warf das Glas Scotch durchs Zimmer. Es zerbarst und die Scherben verteilten sich überall, während bernsteinfarbene Flüssigkeit von der Wand tropfte. „Dann lass uns aufhören", schrie ich. „Ich brauch diesen Scheiß nicht."

Ihre Augen wurden groß, aber sie bewegte sich keinen Zentimeter. „Das geht nicht. Wir müssen es zu Ende bringen."

„Ich brauche weder das Geld noch den Stress. Und du brauchst das Geld auch nicht. Die Tatsache, dass wir uns hier selbst quälen, ist also sinnlos. Ich will nicht mehr." Ich begann im Zimmer auf und abzugehen und fühlte mich wie ein eingesperrter Tiger. „Du hast in einer Sache recht. Ich habe versucht die Ältesten zu beeindrucken, weil das verdammt noch mal der *Sinn* dieser Rituale ist. Aber ich will nicht mehr. Es reicht. Lass es uns beenden."

„Warte!" Sie hob beschwichtigend die Hand. „Wir können nicht einfach aufgeben."

Ich grinste. „Doch, das können wir."

Bellamy holte tief Luft. „Wir müssen es zu Ende bringen. Wir können nicht abbrechen."

„Doch ... können wir."

Mir wurde klar, was es hieß, Oleander zu verlassen. Wäre mein Vater enttäuscht, wenn ich nicht Mitglied des Ordens würde? Vielleicht. Wäre es ein Skandal oder eine Schande? Davon ging ich aus. Sully allerdings hatte die Rituale nicht durchgestanden. Er war nicht Mitglied des Ordens geworden und die Welt hatte nicht aufgehört, sich zu drehen. Wieso war es mir also so wichtig?

Ich brauchte den Orden nicht fürs Geschäft, nicht für meinen Reichtum und auch nicht für meinen Platz in der Gesellschaft. All das hatte ich bereits. Wieso zum Teufel sollte ich das hier also weiter durchmachen?

Und am Ende war die schlimme Wahrheit, dass Bellamy recht hatte. Ich war schon mein ganzes Leben so verbohrt in die Idee, perfekt zu sein und immer mehr zu leisten als andere, dass es mich eingenommen hatte.

Nun, es reichte. Ich musste das hier nicht tun. Ich musste hier nicht stehen, eingesperrt in eine verdammte Zelle mit einer Frau, die mich nie gemocht hatte.

„Emmett", sagte Bellamy mit ruhigerer Stimme. Tatsächlich schien es fast, als sei sie nicht länger wütend. „Ich meine … wir sind jetzt für immer vom Orden gekennzeichnet. Wir sind sowieso schon so lange hier. Es wäre wirklich eine Schande, wenn wir all das getan hätten, ohne einen Nutzen daraus zu ziehen."

„Ja", stimmte ich ihr nickend zu. „Es war einfach Zeitverschwendung."

Ich hielt inne und betrachtete ihre Schönheit. Selbst in einfacher Kleidung und mit der Wut, die ihr noch immer ins Gesicht geschrieben schien, den verstrubbelten Haaren, war sie noch immer die schönste Frau. „Weißt du, was das wirklich Traurige daran ist? Ich dachte wirklich, dass sich zwischen uns etwas entwickelt. Ich hatte wirklich gedacht, dass du und ich…" Ich schüttelte den Kopf und hasste, dass ich die Karten auf den Tisch legte. „Ist jetzt auch egal. Du hast ja bereits gesagt, dass ich nur neureich bin und du nicht. Wir werden nie in derselben Welt leben."

Ohne ein weiteres Wort drehte ich mich zur Tür um und

ging. Ich konnte Bellamy meinen Namen rufen hören, aber ich wollte nicht länger darüber reden. Ich war es leid, die Menschen glücklich zu machen. Ich war es leid, anderen zu beweisen, was in mir steckte. Ich war es leid.

KAPITEL ZWÖLF

Bellamy

Dieser egoistische Hurensohn. Als er vor zwei Wochen das Zimmer verlassen hatte, wusste ich nicht einmal, ob er wirklich das Ritual aufgab oder ob er wiederkommen würde. Ich hatte kaum schlafen können und dass er am nächsten Morgen wieder ins Zimmer geschlendert kam, machte es nicht wirklich besser.

Denn ... hat er sich entschuldigt? Hatte er zugegeben, dass er ein Arschloch war oder versucht, *irgendwas* mit mir zu klären?

Nein, das hatte er nicht. Er hatte sich einfach an den Schreibtisch in der Ecke gesetzt und seinen Laptop geöffnet. Er sah komplett erholt und unbesorgt aus. Er schenkte mir kaum einen Blick. Es war so, als sei er der, der wütend auf *mich* war.

Nun, ich war nicht grundlos die Königin der High-School gewesen. Er dachte, dass er mich länger würde ignorieren können?

Ha.

Ich war die Beste darin.

Die nächsten zwei Wochen waren dementsprechend … kalt zwischen uns.

Er gab nicht nach. Ich hatte nicht vor, es in Ordnung zu bringen. Wir gewöhnten uns an kühle Höflichkeit. Die Ältesten waren offensichtlich im Urlaub, denn es gab auch keine Rituale.

Das war okay. Das war vollkommen okay für mich. Es war tatsächlich super. Ich saß einfach meine Zeit ab und mit jedem vergangenen Tag waren wir dem Ende ein Stück näher.

Komplett *in Ordnung*.

Okay … Nun, wenn ich ehrlich war…

Ich war kurz davor, die Wände hoch zu gehen. Mir war noch nie so langweilig gewesen, hatte mich noch nie so klaustrophobisch oder so geil oder so frustriert oder so wütend erlebt. Ich hatte noch nie so sehr etwas *schlagen* wollen und ich hatte schon oft Dinge schlagen wollen.

Hauptsächlich meinen Vater nach dessen Tod. Aber nun, das war nichts, was man sagen konnte, nachdem jemand gestorben war.

Aber vorher hatte ich keine Ahnung gehabt, wie sehr er meine Mama und mich in die Scheiße geritten hatte, und so hatte ich nie die Möglichkeit bekommen, den Bastard zu schlagen. Das war wohl der größte Vorwurf, den ich an ihn hatte. Wie hatte er sich ein schönes Leben machen und dann verschwinden können, bevor er mit den Konsequenzen hatte umgehen müssen? Er war wirklich ein *Feigling*.

Am Ende waren sie alle gleich, nicht wahr?

Ich verengte die Augen und sah Emmett, der wie immer in der Ecke arbeitete, an, als es an der Tür klopfte.

Ich sprang vom Bett auf, einfach, weil ich so etwas zu tun hatte. Ich öffnete die Tür und Mrs. H stand davor. Sie sah blass aus, aber sie versuchte freundlich zu lächeln, als sie mir die Schachtel reichte.

„Viel Glück, meine Liebe", sagte sie, bevor sie sich umdrehte und schnell den Flur hinab verschwand.

Verdammt, wenn das kein schlechtes Vorzeichen war … Wahrscheinlich hatte ich es mir nur eingebildet, aber ich konnte noch immer ein wenig des Schmerzes von der Tätowierung auf der Hüfte spüren. Das Tattoo war gut verheilt, aber ich war immer noch wütend, dass es für immer da sein würde. Es war schließlich nicht so, als hätte ich das Geld, um es weglasern zu lassen.

Selbst wenn ich diese Rituale überstehen würde, verstand ich jetzt, was Geld wirklich bedeutete, und ich würde es niemals wieder einfach verprassen. Nein, das hier würde unsere Schulden begleichen und der Rest würde investiert werden, damit Mama und ich uns niemals wieder darum sorgen mussten, ob wir weiterhin ein Dach über dem Kopf hatten. Nur die Bank wusste, wie kurz wir vor der Zwangsvollstreckung standen, weil wir den Kredit nicht bedienten und die Steuern nicht zahlen konnten.

Ich drückte die Schachtel an meine Brust. Sie war größer als sonst, aber nicht sonderlich schwer. War das ein gutes oder ein schlechtes Zeichen?

So oder so *würde* ich das heutige Ritual überstehen und das folgende, dem wir uns stellen mussten. Auch wenn ich es *ohne* Partner machen musste.

Emmett hatte sich wenigstens vom Laptop abgewandt und sah mich an. „Ist da was drin?"

Ich öffnete den Deckel und trotz meines festen Entschlusses, es durchzuziehen, egal was passierte, konnte ich nicht behaupten, dass mir der Magen nicht in die Kniekehlen rutschte, als ich sah, was sich daran befand.

Ich holte ein dickes Haarband, an das ein silbernes

Geweih angebracht worden war, heraus. Mein Blick traf den von Emmett, als dieser aufstand. Ich sah, wie sich sein Adamsapfel bewegte, als er das Geweih ansah und mir kurz in die Augen schaute.

Dann war er wieder komplett seriös und richtete sich auf. „Nun, ich schätze, das heißt, dass wir heute Abend jagen gehen werden."

Ich konnte den Laut, der sich aus meiner Kehle löste, nicht unterdrücken. Es war irgendwas zwischen Unzufriedenheit und Schock. Eine Jagd? Sie würden ... mich verdammt noch mal *jagen*?

„Vielleicht ist es nicht so, wie es scheint?", versuchte ich und ließ den Daumen über das echt aussehende Geweih gleiten. „Das könnte ein Fetisch sein."

„Klar", stimmte er zu und wendete sich dann dem Schrank zu. „So oder so machst du dich wahrscheinlich am besten fertig."

„Oh ... klar." Ich lachte hysterisch. „Wie konnte ich es nur vergessen? Es geht nur um die Show."

Ich ging hinüber zum Bad, aber er ergriff meinen Arm. Seine Augen waren dunkel. „Fang heute Abend keinen Streit an."

Ich riss mich von ihm los. „Ich kann dasselbe machen wie du. Erwarte ja nicht, dass ich dich Sir nenne", sagte ich nur.

Er schüttelte den Kopf. Sein Kinn war angespannt. „Los", befahl er und zeigte auf das Badezimmer.

Ich wich von ihm zurück. „Ich war auf dem Weg. Und nicht, weil du es mir gesagt hast!" Ich ließ die Tür heftig hinter mir ins Schloss fallen.

Obwohl Emmett von einer Jagd gesprochen hatte, war ich davon ausgegangen, dass er mich nur aus dem Konzept hatte bringen wollen. Bis zu dem Moment, als die Ältesten uns nach draußen führten.

Obwohl es spät im November war, fühlten sich die Nächte noch wie im Sommer an, aber trotzdem ... Ich war nackt. Neben dem Geweih hatten sie mir ein paar Slipper gegeben, die sich anfühlten, als seien sie aus Rehleder gemacht. Das war alles. Das Geweih fühlte sich auf meinem Kopf nicht schwer an. Es bestand nicht aus Plastik, sondern aus etwas Leichterem. Das Haarband war eng, sodass das Geweih nicht verrutschte. Es war trotzdem seltsam und ich hatte nicht die leiseste Ahnung, wie ich mit dem Geweih auf dem Kopf *rennen* sollte.

Der Wind wehte, während ich den Ältesten die Stufen herab in den Vorhof der Villa folgte. Emmett und die anderen Ältesten waren hinter mir. Ich erschauderte unfreiwillig, als ich mich umsah. Der Mond war halb voll, aber meine Augen hatten sich noch nicht an die Dunkelheit gewöhnt, schließlich hatten wir gerade erst die Villa verlassen, weshalb ich noch nicht viel mehr als die Auffahrt und das Feld sehen konnte, was zum See und zum Wald führte.

Ich wollte nichts mehr als meine Arme um mich schlingen, aber ich hatte irgendwie das Gefühl, dass das dasselbe wäre, wie aufzugeben. Es schien eine schlechte Idee, der Gruppe hinter mir auch nur das kleinste Anzeichen von Schwäche zu zeigen. Ich konnte die Erwartung in der Luft spüren.

Sie freuten sich auf die Jagd.

Ich konnte die Kiesel unter meinen Füßen spüren und biss die Zähne zusammen. Die Slipper waren ein schlechter Scherz. Besonders im Wald wären sie nutzlos.

Als alle die Treppe heruntergekommen waren und in der

Auffahrt standen, schlug der Älteste seinen Gehstock auf die Steine.

„Willkommen zur Jagd des Silbernen Hirsches", rief er. „Und dieser Hirsch, den wir heute Nacht jagen, ist wirklich ganz besonders. Er hat wirklich eine tolle Flanke!"

Er streckte die Hand aus und ließ sie über meinen Arsch gleiten, drückte so fest, dass ich aufschrie und einen Schritt nach vorne machte. Das brachte ihn und die Menge zum Lachen.

Der Älteste schlug mit dem Stock auf den Boden, bis alle wieder ruhig war. „Die üblichen Jagdregeln gelten. Wenn unser kleiner Silberner Hirsch es schafft, bis zum Morgen nicht geschnappt zu werden, ist er frei. Falls er gefangen wird…" Der Älteste grinste und sah mir direkt in die Augen. „… teilen sich alle Jäger, die wollen, die Beute."

Ich machte ein paar Schritte nach hinten.

„Ich für meinen Teil", fuhr er fort und seine Augen folgten mir. „Ich habe wirklich Lust auf ein wenig Hirschhintern, nach dem ich mich schon lange Zeit sehne."

Sein dunkler Ausdruck brachte mich zum Zittern. Gott im Himmel. Dieser Mann war einer der Freunde meines Vaters gewesen. Ich sah über seine Schulter hinüber zu Emmett, aber dessen Gesicht war ausdruckslos, während er zu Boden schaute.

Richtig. Er würde sich nicht für mich einsetzen, nicht vor diesen Männern, nach deren Anerkennung er sich so sehr sehnte.

Und ich?

Ich hatte keine Wahl.

Keine Wahl, als die, mich dem zu stellen, was mich in dieser Nacht erwartete.

„Du solltest besser anfangen zu rennen, kleiner Hirsch", beendete der Älteste seine Ansprache flüsternd. Er streckt die

Hand aus und strich mir über die Wange. Ich wich zurück und schaffte es gerade noch, mich davon abzuhalten, ihm ins Gesicht zu spucken. Diese Männer hatten meine Zukunft in ihren Händen. Ich musste mitspielen.

„Wie viel Vorsprung bekomme ich?", schaffte ich irgendwie zu fragen.

„Immer weniger mit jedem Augenblick, den du hier rumstehst und dumme Fragen stellst", entgegnete er.

Also ergriff ich die Flucht und rannte fort in die Dunkelheit.

KAPITEL DREIZEHN

Bellamy

Ich war als Jugendliche zu den Cotillion-Bällen gegangen. Ich hatte Unterricht in Etikette erhalten. Ich hatte gelernt, wie man Komplimente machte und wie man jemanden aufzog. Und ich wusste verdammt noch mal, wie man den perfekten Knicks machte.

Die Vorbereitung darauf, praktisch barfuß durch den Wald zu rennen, während Jäger mich verfolgten? Ja, das war nicht sonderlich weit oben auf der Liste der Fähigkeiten gewesen, die ich mir in meinem kurzen Leben angeeignet hatte.

Ich war die Art Mädchen, die lieber *drinnen* war. Als alle angefangen hatten, „campen" zu gehen, war ich „glampen" gegangen. Meine Mutter hatte sich immer geweigert, irgendwo hinzufahren, wo es kein fließendes Wasser oder Elektrizität für ihren Lockenstab gab.

Ich rannte also vom See weg, denn dort war das Gras gemäht und es wäre ein Leichtes, mich hier zu entdecken. Das führte mich zurück zur Villa, wo ich am Friedhof vorbeikam. Der Friedhof! Als wäre es nicht schon gruselig genug, was hier passierte, denn wenn ich geschnappt werden würde, würden mich unzählige Männer ficken. Es waren nicht einmal Fremde. Es waren Männer, die ich bereits mein ganzes Leben lang gekannt hatte!

Ich war niemals wirklich schnell gewesen, aber der Gedanke spornte mich an. Ich rannte am Friedhof vorbei und in den Wald.

Genau wie ich erwartet hatte, boten die Slipper auf dem unebenen Untergrund kaum Schutz. Mein Geweih blieb immer wieder in den Ästen hängen. Ich hatte eine Hand an meinem Kopf, um das Geweih zu halten, während die andere die Slipper hochzog, als ich durch den Wald stolperte.

Meine Augen hatten sich inzwischen an das Licht des Mondes gewöhnt, aber Gott, wahrscheinlich hatten sie längst die Verfolgung aufgenommen und es wäre fast so schnell vorbei, wie es angefangen hatte, wenn ich so weitermachte.

Ich sah mich im Wald um. Vielleicht könnte ich auf einen Baum klettern und dort abwarten? Aber alle Bäume um mich herum waren nur Kiefern und die Äste begannen erst weit über zwei Metern Höhe. Ich verlor den Mut. Ich hätte heulen können.

Aber ich hatte vor langer Zeit gelernt, dass es nichts half, die Flinte ins Korn zu schmeißen und aufzugeben. Das war die Lösung meiner Mutter. Sie hatte endlose Monate eingeschlossen in ihrem Zimmer verbracht. Sie hatte sich gehen lassen und nur gegessen, wenn ich sie dazu zwang. Sie hatte den Ausdruck einer Frau gehabt, die aufgegeben hatte.

Eines Tages war ich von der Schule gekommen und hatte sie leblos am Boden gefunden. Um sie herum waren Pillen verteilt gewesen.

Ich hatte die Zähne zusammengebissen.

Niemals.

Ich würde niemals aufgeben.

Also ließ ich von dem Versuch ab, die Slipper an den Füßen zu behalten und rannte einfach. Ich rannte durch den Wald, obwohl die Steine und Stöcke sich in meine Fußsohlen bohrten.

Ich zwang mich, den Schmerz zu ignorieren und schob Äste aus dem Weg. Ich lief weiter, auch wenn ich eigentlich längst erschöpft war.

Als ich Geräusche hinter mir hörte, die Rufe und ein Pfeifen, rannte ich noch schneller.

Sie hatten sie Fährte aufgenommen.

Ich konnte das nicht lange durchhalten. Sie hatten echte Schuhe. Ich sah mich um und sah etwas in der Ferne. Verdammt, es war der See.

Die Geräusche hinter mir ließen mich vermuten, dass sie im Wald waren. Sie wussten ganz offensichtlich, wo ich mich befand.

Und ganz ehrlich, was hatte ich zu verlieren?

Ich rannte also in Richtung des Schimmerns. Den Wald zu verlassen war eine Erleichterung, obwohl ich einerseits froh war, der klaustrophobischen Situation zwischen den Bäumen entkommen zu sein und zeitgleich Angst hatte, jetzt gut sichtbar zu sein.

Immerhin war es jetzt nicht mehr weit zum See. Ich wäre nicht lange schutzlos. Ein schneller Blick nach hinten zeigte mir, dass mir noch niemand direkt folgte. Ich ging in die Knie und kletterte die letzten Meter zum See, wo ich mich ins Wasser gleiten ließ.

Wegen meines lang anhaltenden Sprints war mir viel zu warm, also fühlte es sich gut an, durch das schlammige Wasser am Ufer des Sees zu kriechen, aber es war zeitgleich auch unglaublich kalt. Ich blinzelte und versuchte die Kälte zu ignorieren, aber ich hörte nicht auf, mich durch das Wasser zu begeben.

Plötzlich verlor ich den Boden unter den Füßen. Ich hatte nur geplant ... Ich wusste auch nicht ... Mit Händen und Füßen im Wasser zu sein. Ich hatte definitiv nicht den Boden verlieren wollen. Es war von Anfang an kein guter Plan gewesen, aber...

Als ich ins Wasser glitt, war es mir sogar egal, ob man mich entdeckte. Ich hatte keinen Boden unter den Füßen. Oh Scheiße, ich hatte keinen Boden...

Ich schluckte noch mehr Wasser, hustete, schluckte mehr. Oh Scheiße, oh Scheiße, wo war der Grund? Ich streckte meine Beine aus, aber alles, was ich fühlen konnte, waren die Pflanzen im Wasser. Je mehr ich trat, desto heftiger verknotete ich mich.

Ich schlug wild um mich, ging unter. Meine Haare und das verdammte Geweih schienen mich nach unten zu ziehen. Ich schrie im Wasser, aber das sorgte nur dafür, dass ich noch mehr schluckte. Wieso zum Teufel hatte ich nie gelernt, wie man richtig schwimmt? Wieso hatte ich gedacht, dass es eine gute Idee wäre, zum See zu gehen, wenn ich doch nicht...?

Was hatte ich mir verdammt noch mal dabei gedacht? Ich würde sterben! Ich würde wegen dieses dummen, kranken Spiels sterben.

Ich hatte Panik, kam an die Oberfläche und schaffte es kaum nach Luft zu schnappen, bevor ich wieder unterging. Runter, runter, runter.

Nun, er hatte es endlich geschafft.

Mein Vater würde es schaffen, uns am Ende alle umzubringen...

KAPITEL VIERZEHN

Emmett

Ich konnte nicht schnell genug rennen.

Egal wie sehr ich meine Beine antrieb, ich musste trotzdem zusehen, wie Bellamys Kopf unter Wasser ging.

Sie würde sterben, wenn ich nicht rechtzeitig da war. Ich konnte alles aus der Ferne beobachten und ich hatte Angst, dass ich zu weit entfernt war, um rechtzeitig zu kommen. Als ich allerdings in den See sprang und ihren Körper unter Wasser fand, war ich erleichtert zu sehen, dass sie noch immer gegen die Pflanzen kämpfte, die sie herabzogen.

Sie war am Leben. Sie kämpfte.

Ich befreite sie aus dem Griff des Sees, brachte uns an die Oberfläche und dann ans Ufer. Wir schnappten nach Luft, als wir am Rande des Sees in Sicherheit waren.

Ich legte meine Hände auf ihre Wagen, damit ich ihr in die Augen schauen konnte. „Geht es dir gut?" Ich wischte die nassen Strähnen aus ihrem Gesicht, um festzustellen, ob sie sich den Kopf gestoßen oder auf andere Weise in den Tiefen verletzt hatte.

Sie begann zu weinen, nickte allerdings. „Ich dachte, dass ich sterben würde. Ich wäre gestorben, wenn du…"

„Psst", beruhigte ich sie und zog sie in meine Arme. „Du bist jetzt sicher." Ihr Körper zitterte an meinem. „Wir müssen dich reinbringen, damit dir wieder warm wird."

Sie war komplett nackt. Das Geweih hatte sie im See verloren und ich hatte nichts Warmes, was ich ihr hätte anbieten können, schließlich war ich genauso nass wie sie.

„Ich habe noch nie zuvor solche Angst gehabt", weinte sie, während sie sich an mich klammerte.

„Ich weiß." Ich drückte ihre einen Kuss auf den Kopf und rieb ihren Rücken, während sie in meinen Armen zitterte. „Aber es ist jetzt vorbei. Ich sorge dafür, dass du sicher bist."

„Ich muss mich immer noch verstecken. Die Jagd ist…"

„Es ist vorbei", fiel ich ihr ins Wort. „Das hier geht zu weit, wenn es dich fast das Leben kostet."

„Na, was haben wir denn da?" ertönte eine Stimme hinter mir. „Es scheint, als hättest du unseren Hirsch gefunden."

Ich drehte mich um und sah die Ältesten mit siegessicherem Grinsen in ihren schrumpeligen, hässlichen Gesichtern hinter uns stehen.

„Sie ist fast ertrunken", sagte ich, während ich mich und Bellamy auf die Beine brachte. Wir waren klatschnass und schlammverschmiert und mir ging langsam die Geduld aus. „Das Ritual ist vorbei."

„Die Regeln sind einfach", sagte ein Ältester. „Wenn wir sie vor Sonnenaufgang finden, dann gehört sie uns allen."

„Sie ist nicht gefunden worden", entgegnete ich durch zusammengebissene Zähne. „Sie ist gerettet worden. Von mir. Wenn ich sie nicht rechtzeitig gefunden hätte, hättet ihr eine

Leiche, um die ihr euch heute Nacht hättet kümmern können."

Wobei mir in dem Moment, in dem ich es sagte, klar wurde, dass Bellamy wahrscheinlich nicht die erste Leiche gewesen wäre, um die sich der Orden hatte kümmern müssen. So gefährlich, wie diese Rituale teilweise waren, war es unwahrscheinlich, dass noch nie jemand gestorben war. Die Ältesten hatten wohl genügend Macht und Ressourcen, um die Sache zu regeln, wenn es geschah.

„Die Regeln sind da, um befolgt zu werden", sagte ein anderer Ältester, während er den Blick über Bellamys Körper gleiten ließ. „Wer will als erster?"

Ich fühlte, wie sich ihr Körper an meinem anspannte, aber sie blieb still. Sie schnappte noch immer nach Luft.

„Ich werde mit ihr reingehen, bevor sie unterkühlt." Ich drehte sie an meiner Seite um, den Arm fest um sie geschlungen und wartete nicht auf das, was sie entgegnen würden.

„Emmett…"

„Diese Unterhaltung ist vorbei", sagte ich, kehrte ihnen den Rücken zu und ging weg. „Bellamy und ich haben jedes curcr Rituale ohne Fehler absolviert. Es ist nicht unsere Schuld, dass dieses Ritual nicht das gewohnte Ende gefunden hat. Ihr habt ihr Leben aufs Spiel gesetzt und anstatt daraus eine große Sache zu machen und euch dafür verantwortlich zu machen, bringe ich meine Schönheit in die Villa."

Ich bezweifelte tatsächlich, dass mein Handeln dafür sorgen würde, dass wir von den Ritualen ausgeschlossen werden würden, aber selbst wenn … Dann war es halt so. Eine Frau wäre in dieser Nacht fast gestorben und ich würde sicher nicht zulassen, dass man sich auch noch sexuell an ihr verging.

Und die Wahrheit…

Der Gedanke daran, dass ein anderer Mann sie anfasste, sorgte dafür, dass mir schlecht wurde.

Nein … Sie gehörte mir. Auch wenn es auf die Zeit hier beschränkt war und auch wenn wir einander in den letzten paar Wochen kaum hatten in die Augen schauen können … Sie gehörte immer noch mir und ich würde nicht erlauben, dass ihr etwas zustieß.

„Danke", sagte sie schließlich, als wir unser Zimmer erreichten.

„Ich bin so schnell gerannt wie ich…"

„Nicht nur dafür, dass du mein Leben gerettet hast", unterbrach sie mich. „Dafür, dass du dich für mich eingesetzt hast. Das hat noch nie in meinem Leben jemand für mich getan. Nie. Sie hätten mich alle vergewaltigt, wenn du nicht eingegriffen hättest."

„Das würde ich niemals zulassen. Nie. Niemand außer mir fasst dich an."

Ich griff nach der Decke, aber dann wurde mir klar, dass eine heiße Dusche besser wäre, wenn man bedachte, dass sie bis aufs Mark ausgekühlt sein musst und voller Schlamm war. Ohne ein Wort führte ich sie ins Bad und drehte das Wasser an. Während es warm wurde, zog ich meine eigenen durchnässten und schmutzigen Sachen aus. Ich musste mich genauso aufwärmen wie sie.

„Komm", sagte ich und streckte die Hand aus, um herauszufinden, wie warm das Wasser war. „Lass uns diese schreckliche Nacht abwaschen."

Sie hielt einen Moment inne. Ihr zitternder Körper erschien so klein und zerbrechlich. Es schien, als müsste sie sich entscheiden, ob sie sich mit mir in eine so intime Situation bringen wollte. Bevor ich allerdings weiter ermutigen musste, nahm sie meine Hand und ließ zu, dass ich sie unter die Dusche brachte.

Wir standen da, Körper an Körper unter dem warmem Wasser, während der Dreck aus dem See und vom Ufer von unserer Haut wich. Bellamys Lippe zitterte und ich konnte die Tränen in ihren Augen sehen.

Die Arme um sie gelegt, sagte ich: „Du kannst weinen, wenn du musst. Du hast heute etwas extrem Traumatisches erlebt."

Sie schüttelte den Kopf, während das heiße Wasser über uns floss. „Ich lasse nicht zu, dass sie mich brechen. Ich lasse nicht zu, dass ich eine ihrer gebrochenen Schönheiten werde. Ich bin nicht schwach."

Ich legte die Arme fester um sie und entgegnete: „Du bist alles andere als schwach. Du bist eine der stärksten Frauen, die ich kenne. Gerade allerdings, in diesem Moment, wenn die Ältesten dich nicht sehen und verurteilen können, kannst du die Rüstung ablegen. Es ist in Ordnung, wenn…"

„Es geht mir gut", sagte sie und ihre Stimme brach. „Ich…"

Sie legte die Stirn an meine Brust und begann zu schluchzen.

„Es ist okay", beruhigte ich sie. Ich wusste, dass sie alles rauslassen musste. Ich konnte mir nicht vorstellen, welche Angst sie durchgestanden haben musste. Jetzt, wo das Adrenalin ihren Körper verließ, war die Wahrheit, wie nah sie dem Tod gestanden hatte, wie ein Schlag in die Magengrube.

„Ich habe keine Ahnung, wie mein Leben so schiefgelaufen ist", murmelte sie zwischen zwei Schluchzern an meiner nassen Haut.

„Du hast ein gutes Leben. Du darfst nur nicht vergessen…"

„Nein", unterbrach sie. „Mein Leben ist komplett kaputt. Das ist es schon immer gewesen."

Ich wusste, dass sie neben sich stand und jedes Recht hatte, emotional zu sein. Anstatt ihren Gefühlen und Überzeugungen keinen Glauben zu schenken, griff ich nach dem Shampoo und begann, es in ihre Haare einzuarbeiten. Sie spannte sich zunächst an, aber dann zerfloss sie quasi in meinen Armen, während ich alle oberflächlichen Anzeichen für das, was in dieser Nacht geschehen war, von ihr abwusch.

„Glaubst du, dass die Ältesten uns durchfallen lassen? Glaubst du, dass sie uns bitten werden, zu gehen?", fragte Bellamy schließlich als ihre Tränen getrocknet waren und ihr Körper aufgehört hatte zu zittern.

Ich wusch den Rest Spülung aus ihren Haaren und griff nach dem Duschgel, um ihre Haut zu waschen, jetzt, wo sie es zuließ, dass ich sie berührte.

„Nein, ich denke, dass sie wissen, wie gut wir alles bisher absolviert haben. Mein Vater ist ein Mitglied, das von den Ältesten respektiert wird und deshalb habe auch ich ein wenig Macht. Außerdem muss es andere Rekruten gegeben haben, die sich bei Ritualen gewehrt haben. Ich würde sagen, dass wir es verdient haben, freundlich behandelt zu werden. Und selbst wenn sie uns rausschmeißen, ist es ja nicht so, als würde einer von uns das hier wirklich *brauchen*. Wir haben das Glück, selbst Herren über unser Schicksal zu sein."

Bellamy spannte sich an und machte einen Schritt nach hinten. Ich war nicht sicher, ob es daran lag, dass ich über die Ältesten gesprochen hatte oder daran, dass ich sie einseifte, aber ich hatte das Gefühl, dass sie nicht länger mit mir duschen wollte.

Ich stellte das Wasser ab, nahm zwei Handtücher und reichte ihr eines. „Ich werde ein Feuer machen und dann gehen wir ins Bett, damit uns wieder richtig warm wird."

Sie sagte nichts mehr und schien melancholisch, obwohl sie sich beruhigt hatte. Immerhin weinte sie nicht länger und sie war in unserem Zimmer in Sicherheit.

Wir gingen in das Schlafzimmer, wo ein Teekessel und Tassen bereits auf uns warteten. Mrs. H musste von dem, was passiert war, gehört haben. Sie wollte uns offensichtlich ein wenig beruhigen und unterstützen. Ich schenkte Bellamy eine Tasse ein, während diese sich schnell anzog. Als ich meine eigene Jogginghose angezogen hatte, ging ich herüber zum Kamin, um das Zimmer noch wärmer zu machen.

„Ich möchte nicht, dass wir uns länger streiten, während wir hier sind", sagte sie leise hinter mir.

Ich stapelte das Holz im Kamin und nickte. „Das möchte ich auch nicht. Das ist ziemlich außer Kontrolle geraten und ich möchte mich dafür entschuldigen. Ich habe einige gemeine Dinge gesagt, die du nicht verdient hast."

„Wir beide haben Dinge gesagt, die wir nicht hätten sagen sollen."

„Und du hattest recht", gestand ich, als das Feuer aufflammte. Ich ging herüber zum Bett und legte mich neben sie. „Ich bin ein Perfektionist. Es ist mir wichtig, was die Leute denken. Ich will immer mehr erreichen und manchmal wird das zur Obsession. Ich weiß, dass ich dich da mit reingezogen habe. Dafür möchte ich mich ebenfalls entschuldigen."

„Ich musste mein Leben lang perfekt sein", erklärte sie, bevor sie die Tasse leerte und zur Seite stellte. „Ich kann das also verstehen."

„Aber ich hätte keiner der Menschen sein dürfen, der das von dir verlangt. Ich hätte nicht mehr erwarten sollen als die Bellamy … die mir wichtig ist. Du bist perfekt. Du musst dich nicht anstrengen."

Ich hatte nicht erwartet, dass mir dieses Geständnis so

leicht über die Lippen gehen würde, aber jetzt, wo ich die Wahrheit ausgesprochen hatte, gab es kein Zurück mehr.

Bellamy sah mich an, als suche sie eine Antwort in meinem Gesicht und fuhr dann fort: „Du musst um mich herum niemand sein, der du nicht wirklich bist, Emmett. Ich mag dein wahres Ich. Ich mag dich so wie du bist."

Sie griff nach der leeren Tasse auf dem Nachttisch und schenkte mir Tee ein. Sie reichte ihn mir und fragte: „Waffenstillstand? Keine Kämpfe mehr gegeneinander. Lass uns von jetzt an gemeinsam gegen unsere Feinde kämpfen."

Ich nahm einen Schluck vom Tee und starrte verträumt ins Feuer. „Waffenstillstand. Wir haben die Rituale fast hinter uns. Ich denke, es wäre klug, wenn wir sie als Team beenden. Wir sind durch die Hölle gegangen, um es so weit zu schaffen und es wird bald alles vorbei sein." Ich stellte die Tasse ab und wendete mich ihr zu.

Ich zog in Erwägung, sie zu küssen. Gott, ich wollte sie wirklich küssen.

Aber ich wollte nicht zu weit gehen. Sie hatte in dieser Nacht viel durchgemacht und ich wollte nicht, dass es plötzlich um mich und meine Bedürfnisse ging. Es ging um Bellamy und darum, dass sie sich wieder sicher fühlte. Zumindest, wenn ich da war. Ich wollte, dass sie sich in meiner Gegenwart sicher fühlte.

„Es war nicht alles schrecklich", sagte sie mit einem großen Gähnen. „Ich bin froh, dass ich den wahren Emmett kennengelernt habe. Nicht den, mit dem ich auf der High-School war oder den reichen Geschäftsmann, der mir bei Events begegnet. Ich bin froh, dass ich dich endlich kennengelernt habe."

„Ich bin froh, dass ich dich gewählt habe, Bellamy. Ich glaube, das habe ich dir bisher noch nicht gesagt und ich weiß, dass ich es dir nicht gezeigt habe, aber ich bin wirklich froh, dass ich dich gewählt habe."

Sie lächelte und kuschelte sich in ihr Kissen, bevor sie die Decke bis ans Kinn zog. Sie gähnte erneut und ihre Augen wurden schwer. „Gute Nacht, Emmett. Ich bin auch froh, dass du mich gewählt hast."

KAPITEL FÜNFZEHN

Bellamy

Am nächsten Morgen tat mir alles weh. Mein Kopf hämmerte, als wäre ich in der vorherigen Nacht feiern gewesen.

„Guten Morgen, Schlafmütze", sagte Emmett, als ich mich zu ihm umdrehte und mir die Augen rieb. Er lag neben mir im Bett, hatte den Laptop auf dem Schoß und lächelte mich an.

Mein Herz überschlug sich, weil er dort war und nicht an seinem Schreibtisch.

Mit zusammengekniffenen Augen sah ich mich um. „Wie spät ist es?"

„Fast zehn."

Ich setzte mich auf und schob mir die Haare aus dem Gesicht. „Oh Gott, ich kann nicht glauben, dass ich so lange geschlafen habe."

Er schloss seinen Laptop. „Das hast du gebraucht. Ich

habe Mrs. H gesagt, dass sie mit dem Frühstück auf uns warten soll."

„Oh." Ich blinzelte, zog die Beine an meine Brust und legte die Arme darum. „Danke."

„Hast du Hunger?"

Ich dachte eine Sekunde darüber nach und nickte dann heftig. Jetzt, wo ich darüber nachdenke... „Ich bin am Verhungern."

„Super." Er stand auf. „Ich lasse sie wissen, dass wir kommen, während du dich anziehst."

Ich nickte. Ich war immer noch ein wenig verwirrt darüber, dass er so nett war, nachdem wir zwei Wochen lang einen kalten Krieg geführt hatten. Er verschwand aus dem Zimmer und ich eilte ins Bad.

Zehn Minuten später saßen wir in der Frühstücksecke, von der man einen Blick auf das Grundstück hatte und Mrs. H servierte uns Scones und Devonshire Cream. „Die Eier und der Speck kommen gleich", erklärte sie und Emmett nickte.

„Danke." Ich griff nach einem Scone und war ein wenig schüchtern, was untypisch war.

Nachdem Mrs. H wieder verschwunden war, sah ich Emmett über den Tisch hinweg an. Er sah geschniegelt aus wie immer. Er trug ein gebügeltes Hemd und eine Anzughose. Sie schien von Armani zu sein.

Ich hatte einfach nur ein Oberteil und Leggings übergeworfen. Ich griff nach dem Scone und begann, es auf meinem Teller zu zerpflücken. „Also, ich bin mir nicht sicher, ob ich das gestern Abend gesagt habe... Ich kann mich nicht mehr so gut an alles erinnern." Ich sah in seine Augen. „Aber danke. Dankeschön. Das ist mein Ernst. Ich, ähm..." Ich senkte den Blick auf den Teller und räusperte mich. „Es hat mir viel bedeutet, dass du dich so für mich eingesetzt hast. Und dass du mir das Leben gerettet hast, natürlich auch."

Ich wurde knallrot, bevor ich ihn wieder ansah. „Du hast es verdient, dass man sich für dich einsetzt."

Verdammt. Er würde mich zum Weinen bringen.

Es schien ihm allerdings nicht peinlich oder unangenehm zu sein. Ich nahm einige große Schlucke von meinem Orangensaft, um meine Gefühle wieder unter Kontrolle zu bringen. Gott, was? Ich sah einmal dem Tod ins Gesicht und schon war ich jemand, der ständig weinte? War es das?

Ich schüttelte den Kopf und richtete mich auf. „Jedenfalls bin ich dir wirklich dankbar. Also danke."

Er lächelte mich an und ausnahmsweise erlaubte ich es mir, ihn anzustarren.

„Du bist ganz anders als ich erwartet hatte."

Er verdrehte die Augen und sein Kinn war angespannt. „Ich habe dich also endlich davon überzeugt, dass ich nicht nur ein kleiner unterwürfiger Junge bin, der jedem gefallen möchte?"

Ich atmete aus. „Okay, das habe ich verdient."

Er schüttelte schnell den Kopf. „Tut mir leid. Wir haben letzte Nacht einiges geklärt. Ich bin nicht nachtragend."

Ich lachte laut auf. „Bist du nicht? Ist schon okay. Ich kann das verstehen."

Seine Mundwinkel schossen nach oben. „Ich habe im Laufe der Jahre vielleicht auch das ein oder andere Mal ein wenig vorschnell über dich geurteilt."

„Erzähl mir, wer du jetzt bist. Ich kenne Emmett, den Herrn. Ich kenne den Mann Emmett noch nicht. Was machst du gerne in deiner Freizeit?" Ich steckte ein Stück Scone in den Mund, während er mit den Schultern zuckte.

„Was soll ich groß sagen? Ich arbeite zusammen mit meinem Vater und führe ein internationales Unternehmen im Bereich der erneuerbaren Energien."

„Und das gefällt dir, oder? Du mochtest Mathe und

Wissenschaft schon als wir Kinder waren, wenn ich mich recht erinnere."

Er zog die Brauen ein wenig zusammen. „Dir ist damals aufgefallen, was ich mochte?"

Ich verdrehte die Augen. „Ich meine, du hast immer einen Zauberwürfel mit dir rumgetragen. Und hast du nicht an Mathewettbewerben teilgenommen oder so was?"

Beschämt gestand er: „Ich war die letzten drei Jahre auf der High-School Finalist im Mathewettbewerb des Staates."

Ich lachte laut auf. „Genau."

„Was soll ich sagen?" Er verdrehte die Augen. „Ich wusste halt, wie man Frauen beeindruckt."

„Mädchen in der High-School sind Idiotinnen. Dazu zähle ich auch." Ich sah ihm in die Augen, während ich das sagte und hoffte, dass er das verstand, was ich nicht ausgesprochen hatte.

Ich wusste, dass ich damals wirklich ein Arschloch zu ihm gewesen war. Dabei war es allerdings nie um ihn gegangen. Er war nicht der Einzige, der sich obsessiv darüber Gedanken machte, wie andere ihn wahrnahmen. Es gab eine Zeit, da war es mir so wichtig gewesen, den Schein zu wahren, dass es einfacher war, ein Arschloch zu sein, als das Mitleid und die Urteile zu ertragen, die mir gedroht hätten, wenn jemand die Wahrheit gewusst hätte. Das war der Verteidigungsmechanismus, der einem verängstigten Mädchen im Teenageralter zur Verfügung stand.

Ich öffnete den Mund, weil ich es ihm erklären wollte, aber er hatte bereits das Wort ergriffen.

„Ja, nun, ist kein Problem mehr. Inzwischen habe ich das gegenteilige Problem."

Ich verzog das Gesicht. „Was meinst du damit?"

Er seufzte laut. „Du kennst die Mütter in Darlington. Hast du die leiseste Ahnung, wie oft ich sonntags zum Brunch gehen muss, weil man mich mit irgendeiner Tochter, die möglichst reich heiraten soll, verkuppeln möchte? Und das passiert nicht nur hier. Wenn die Frauen in Atlanta meinen Nachnamen hören, sehen sie nur noch Dollarzeichen." Seine Mundwinkel gingen nach unten. „Es ist ekelhaft."

Ich nickte und fühlte, wie meine Wangen warm wurden, während ich mehr von meinem Scone in den Mund schob. „Das muss scheiße sein."

Er nickte und starrte aus dem Fenster in die Ferne. „Meine Mutter und mein Vater haben sich kennengelernt, bevor er Geld hatte. Er war gerade mit dem MIT fertig und hatte Mühe, seine Kredite fürs Studium zurückzuzahlen. Dafür habe ich ihn immer beneidet. Er weiß, dass sie ihn einfach nur seiner selbst liebt, weißt du?" Sein Blick traf wieder auf den meinen und ich nickte, den Mund noch immer voll.

„Das ist so selten in der Welt, in der wir leben. All die Menschen hier…" Er deutete um uns herum und ich wusste, dass er den Prunk meinte. „… Das ist alles so falsch. Alle benutzen einander so, als sei es ein Geschäft."

Ich schluckte und griff erneut nach meinem Saft. Nachdem ich einen weiteren großen Schluck genommen hatte, sah ich ihn wieder an. „Ich kann mir die Art von Beziehung, die deine Mama und dein Papa haben, gar nicht vorstellen. Das ist so anders als das, was ich von meinen Eltern kenne. Ich meine, ich würde gerne glauben, dass sie einander einmal gemocht hatten…" Meine Stimme wurde leiser. „Zum Ende hin allerdings…" Ich schüttelte den Kopf. „… Ich meine, er war so oft geschäftlich unterwegs, dass ich ihn fast nie gesehen habe."

„Das tut mir leid. Und es tut mir leid, dass du ihn verloren hast. Er ist doch vor ein paar Jahren gestorben, richtig?"

Ich schüttelte den Kopf. Ich wollte sein Mitgefühl nicht.

„Ist schon gut. Er war kein wirklich guter Mensch." Das war die Untertreibung des Jahrhunderts.

„Jedenfalls bin ich erzogen worden, um wie meine Mutter zu sein. Ich sollte die perfekte Debütantin werden, damit ich mir den perfekten Mann schnappen konnte. Die Kultur hier im Süden ist wirklich krank."

„Machst du das hier deshalb?", fragte er und die Art und Weise, wie seine Stirn in Falten lag, ließ mich wissen, dass er wirklich interessiert war. „Ist es eine Art Fuck You an die Gesellschaft oder so?"

„Sowas in der Art", antwortete ich und senkte den Blick wieder auf den Teller. So ehrlich wir gerade zueinander waren, konnte ich meinen Stolz noch nicht ablegen.

Der Mann, der mir gegenübersaß, war ein *Milliardär*. Und ich sollte hier sitzen und zugeben, dass ich nichts besaß? Weniger als nichts? Dass ich nicht einmal einen Collegeabschluss hatte?

Und ich hatte den Ekel auf seinem Gesicht nicht vergessen, den er gezeigt hatte, als er darüber gesprochen hatte, dass alle nur *sein Geld* wollten.

Er respektierte mich, weil er dachte, dass das hier eine Art rebellischer Aufstand meinerseits war. Er dachte, dass wir gleich wären.

„Bleibt das immer noch ein Geheimnis?", wollte er von mir wissen und mir entging die Frustration in seiner Stimme nicht. Alles, was ich tun konnte, war mein Scone zu nehmen, schüchtern zu lächeln und mit den Schultern zu zucken. In mir zerbrach etwas noch ein kleines Stückchen mehr.

Trotzdem war das ein Wendepunkt. Ich würde nicht behaupten, dass es so war wie vorher. Nein, wir waren nicht wieder vierundzwanzig Stunden am Tag Herr und Sklavin.

Aber wenn er mit der Arbeit fertig war oder während unserer langen Mittagessen ... *spielten* wir.

Der folgende Monat war deutlich weniger schlimm, als ich erwartet hatte. Es gab ein paar Rituale. Ich war mir nicht sicher, ob die Ältesten es uns leichter machen, nach dem Desaster, was wir durchlebt hatten oder so, was nicht dazu geführt hatte, dass wir irgendwelche Konsequenzen von den Ältesten erfahren hatte, aber die Rituale waren nicht sonderlich schlimm.

Ich fand es nicht schrecklich, nach unten zu gehen, um an irgendeiner Orgie teilzunehmen. Außerdem schienen diese Emmett zu gefallen. Solange er nicht von mir erwartete, dass er mich mit jemandem teilen durfte. Seine dominante Natur schien es zu mögen, mich vorzuzeigen, und er war voyeuristisch veranlagt, sodass all das nur dazu führte, dass ich betteln musste.

Und wenn es gut zwischen uns lief, *verdammt*, dann war es wirklich gut.

Die ersten eineinhalb Monate hatte ich niemals gewusst, ob Emmett eine Pause einlegen würde, um mit mir zu essen, aber seit der Jagd hatte er sich immer die Zeit genommen. Besonders fürs Frühstück. Manchmal verbrachten wir ein paar Stunden am Frühstückstisch, wo wir uns unterhielten und gegenseitig Abschnitte aus der Zeitung vorlasen. Wir lösten Kreuzworträtsel und lachten über die dummen Comics. Er war immer lieb, wenn wir die Kreuzworträtsel lösten. Ich war mir sicher, dass er es im Schlaf hätte machen können, aber er ließ mich über die Hinweise nachdenken, bevor er eine Antwort vorschlug, die er wahrscheinlich direkt gewusst hatte.

Mir war nicht klar gewesen, dass Männer so lieb und zeitgleich so männlich, sexy und dominant sein konnten, bevor ich Emmett begegnet war.

An diesem Morgen zum Beispiel…

Ich war noch müde. Das eine, was ich hier wirklich mochte, war, ausschlafen zu können. Zu Hause ließ meine Mutter mich nie ausschlafen, auch wenn ich längst erwachsen war. Sie schlug immer früh morgens gegen meine Tür, heulte, weil wir niemanden mehr hatten, der uns wenigstens *Eier* zum Frühstück zubereitete und beschwerte sich, dass wir nun *hungerten*. Und das tat sie, bis ich aufstand, die Kaffeemaschine anstellte und Frühstück vorbereitete.

Aber ich musste sagen, dass es mir nicht missfiel, mit sanften Küssen an meinem Hals aufgeweckt zu werden.

Es war schon hell draußen, also hatte Emmett mich wirklich ausschlafen lassen, dabei wusste ich, dass er gerne früh in den Tag startete.

Ich lächelte und drückte meinen Hintern gegen ihn und – oh! Mein Grinsen wurde breiter. Ja, hier war jemand *wirklich* wach.

Als ich mich allerdings umdrehte, um ihn in die Arme zu nehmen, ergriff er meine Handgelenke und zog mich an sich zurück. Seine Brust war noch immer an meinen Rücken gedrückt. Seine Arme legten sich um mich, seine Hände waren weiter fest an meinen Handgelenken, sodass wir beide mich drückten. Er verstärkte den Griff um meine Brüste, bis er mich komplett umrahmte.

Die Spitze seines Schwanzes drückte sich zwischen meine Beine und ich öffnete sie für ihn. Dabei stockte mir der Atem. Selbst nach all der Zeit, die vergangen war, reagierte ich so auf ihn. Ich wurde diesen Mann nicht leid. Ich konnte mir nicht vorstellen, dass es jemals langweilig werden würde.

Seine Hände drückten auf meine Handgelenke, als er die Hüften nach vorne schob und mit einem Stoß in mich eindrang.

„Du bist so wunderschön, wenn du dich mir so ganz hingibst", sagte er und drückte mich noch fester an sich, als er sich herauszog, um wieder hineinzustoßen. „Ich will dich ficken wie ein Wahnsinniger. Ich möchte dich dahin bringen, wohin du gehörst. Ich möchte, dass du den Verstand verlierst, dich ganz in der Lust verlierst."

Alles, was ich hervorbrachte, war ein verzweifeltes „*Bitte*."

Es war noch immer früh am Morgen und ich war noch im Halbschlaf, aber so aufzuwachen, mit meinem dominanten Herrn, der mich in alle Höhen bringen wollte, während er wie ein Maestro mit meinem Körper spielte … Gott, ja, *bitte*, dafür war ich wirklich bereit.

Ich konnte fühlen, wie er hinter mir grinste, weil sich die Haare in meinem Nacken aufrichteten. Und dann fühlte ich seinen warmen Atem an meinem Ohr, während wir beide noch immer auf der Seite lagen.

„Dein Wunsch sei mein Befehl."

Er fickte mich einige Male heftig, sodass wir beide hörten, wie sein Schwanz in meine feuchte Muschi glitt. Es war obszön. Ich wurde noch feuchter, hörte zu, fühlte jeden Zentimeter von ihm in mir, der dafür sorgte, dass ich noch feuchter wurde. Der Rand seiner dicken Spitze glitt über meine Lippen und nahm alles von mir in Besitz.

Eine seiner Hände ließ mein Handgelenk los und er streckte die Hand nach meinem Schenkel aus. Er hob ihn an und beugte das Knie, sodass sein Schwanz noch besser in mir verschwinden konnte.

Ich sah ihm über die Schulter zu und er sah mir in die

Augen. Mit verbundenem Blick sagte er: „Vergiss nicht, dass du danach gefragt hast, Prinzessin."

Als er das nächste Mal aus mir glitt, ging er in eine andere Position und begann wieder zu drücken, diesmal allerdings an einem anderen Loch.

Ich schnappte überrascht nach Luft und spannte mich vor Überraschung an.

„Entspann dich", sagte er, küsste mich und biss dann sanft in meinen Nacken. „Du kannst mich nehmen. Wir wissen beide, dass du es kannst. Entspann dich und lass mich rein. Unterwirf dich und überlass mir die Kontrolle."

Unterwerfen. Einen Augenblick lang spannte ich mich noch mehr an, dann allerdings war das Gegenteil der Fall, als er weitersprach und ich mich in dem Bass seiner Stimme verlor. Je mehr ich mich entspannte, desto tiefer drang er in mich. Er drückte sich in mich und beanspruchte mich als sein Eigentum.

Und ich fühlte mich leicht, als ich nachgab. Während er mich von hinten füllte, drang die Erregung in meinen Schritt, direkt zu meinem Kitzler und mein Körper sang, während ich die Beine zusammendrückte und erschauderte. Ich zitterte und drückte Emmets Schwanz in meinem Hintern.

„Scheiße, *ja*, genau so. Lass mich rein. Melke meinen Schwanz. Brich ihn, Prinzessin. Heilige *Scheiße*, das ist so eng. Ich kann mich kaum *bewegen*. Du bist so warm und so eng. Das ist das Geilste, was ich je…"

Seine Hand ließ meinen Schenkel los, allerdings nur, um sich mit meiner tropfenden Muschi zu befassen. Zunächst beförderte er ein wenig der Nässe in Richtung seines Schwanzes, der noch immer in mich drang.

Dann bewegten sich seine Finger. Fast so, als könnte er nicht anders. Auch wenn ich wusste, dass alles, was Emmett tat, wohldurchdacht war und das wahrscheinlich einfach nur ein Teil seiner geplanten Folter war, liebte ich seine sanften, neugierigen Berührungen, während er erst mit einem dicken Finger und schließlich mit zwei seine Auskundschaftungen fortsetzte.

Aber erst als seine Handfläche auf meinen Kitzler fiel und drei Finger in mir waren, entzündete sich in mir das Feuerwerk.

Ich wand mich unter ihm. Ich schrie. Ich fickte Emmets Hand, während er meinen Arsch nahm und alles in mir schien erwacht zu sein.

Ich hatte das Gefühl, dass der Orgasmus, der mich überrollte, von außerhalb meines *Steißbeins* kam. Er war so heftig, dass er fast wehtat. Und dann war ich ihm Himmel. Emmett würde mich nicht so leicht davonkommen lassen.

Er ließ mich erneut kommen, fickte meinen Hintern, bis er wund war, öffnete mich weit, eroberte mich, trieze meine Muschi mit seiner Hand, vergrub den Mittelfinger tief in mir, drehte ihn und formte einen Haken, sodass er den Punkt…

Ich glaube, ich schrie, als ich nichts weiter sah als helles, weißes Licht. Ich atmete. Vielleicht atmete ich. Wen interessierte das schon? Ich war im Nirwana und ich würde es genießen. Ich würde diesen Mann genießen. Ich würde genießen, dass wir einander nahmen wie die Tiere, die wir in Wahrheit sind. Gott, ich konnte einfach nicht genug von ihm bekommen. Gott, das war so gut. Oh, Gott!

Also, ja. Ähm. Das war an diesem Morgen passiert. Inzwischen war es Abend geworden. Aber Gott. Meine Beine zitterten noch immer, wenn ich nur daran dachte. Das war, bevor die Schachtel beim Frühstück gebracht worden war. Ich war mir sicher, dass Emmett mich nicht halb so gut gefickt hätte oder mich so oft hätte kommen lassen, wenn er es gewusst hätte, also fühlte ich mich ziemlich gut.

Emmett und ich stritten nicht miteinander. Es funktionierte wirklich, *wirklich* gut.

In der Schachtel für diesen Abend war tatsächlich ausnahmsweise Kleidung für mich gewesen. Nun, es war zumindest ein Bademantel, der zwar dünn war, aber bis zu den Knien reichte. Das war mehr, als ich normalerweise bekam. Wobei ich mir sicher war, dass ich ihn nicht lange tragen würde, wenn alles ablief wie gewohnt.

Emmett war angespannt, als wir uns bereit machten, um nach unten zu gehen.

„Was ist mit dir los?", fragte ich, als wir zur Tür gingen.

Er zuckte mit den Schultern. „Es ist in letzter Zeit so einfach gewesen. Das macht mich nervös."

Ich ließ einen Finger über sein Hemd laufen, über die präzise geschlossenen Knöpfe. „Sei nicht so ernst."

Seine Augen waren dunkel, als er mein Handgelenk fest umschloss.

Mein Grinsen wurde breiter. „Siehst du, du hast Lust zu spielen."

Er schüttelte den Kopf, ließ mich los und schlug mir heftig auf den Hintern, so heftig, dass ich es noch immer spürte, als wir das Zimmer verließen und nach unten gingen.

Im Erdgeschoss war nichts Besonderes zu sehen. Ich war nicht das einzige Mädchen im Saal, was immer dafür sorgte, dass ich mich besser fühlte. Hier und da waren Frauen in der Menge mit den Ältesten beschäftigt.

Dann allerdings wurde uns aufgetragen, uns einander gegenüber auf zwei Stühle zu setzen und mir wurde unwohl. Es fühlte sich ziemlich an wie der Abend, an dem wir tätowiert worden waren und wenn sie das erneut versuchten…

Emmett drückte meinen Unterarm sanft, bevor wir gezwungen wurden, uns voneinander zu trennen und uns auf die großen Stühle, die mitten im Saal einander gegenüber aufgestellt worden waren, zu setzen.

Als wir Platz genommen hatten, stellte sich die Gruppe um uns herum und die Ältesten begannen, mit ihren verdammten Stöcken zu schlagen.

Emmett saß kerzengrade da. Sein Gesicht war ausdruckslos, während er darauf wartete, zu erfahren, was von uns erwartet werden würde. Ich versuchte es ihm gleich zu tun. Ich wusste, dass es ihm wichtig war, vor den Ältesten einen guten Eindruck zu hinterlassen. Jetzt, wo ich wusste, dass er sich für mich einsetzen *würde*, wollte ich wirklich mein Bestes geben, um ihn stolz zu machen. Es war mir vollkommen egal, was die Ältesten von mir dachten, solange sie mich die Rituale bestehen ließen. Für Emmett würde ich mich allerdings anstrengen. Ich richtete mich also ebenfalls auf und versuchte die perfekte Schönheit zu sein.

„Willkommen zum heutigen Ritual. Es ist eine Version von Wahrheit oder Pflicht", verkündete der Älteste. „Wir wollen sehen, wie sich der Rekrut und seine Schönheit bei einer Befragung anstellen!"

Die Gehstöcke schlugen und überall erklangen Freudenschreie.

Wahrheit oder Pflicht? War das deren Ernst? Mein Blick fiel auf Emmett. Er schien sich entspannt zu haben.

Weil er keine Geheimnisse hatte.

Scheiße.

Unruhig bewegte ich mich auf meinem Sessel und schlug die Beine übereinander. Ich hatte keine schlimmen Geheimnisse. Ich meine, ich hatte nicht wirklich etwas falsch gemacht. Ich war einfach nur arm. Das war in den Augen einiger in Darlington County vielleicht ein Verbrechen, aber ich ging nicht davon aus, dass Emmett…

„Emmett, Wahrheit oder Pflicht?"

„Wahrheit", sagte er und lehnte sich in seinem Sessel zurück. Seine Hände lagen auf den Armlehnen, so als säße er auf einem Thron und sei der König. So wohl fühlte er sich in diesem Saal, umringt von diesen Männern.

Ebenbürtig.

Gleich.

„Haben du oder dein Vater jemals einen Geschäftspartner über den Tisch gezogen? Vergiss nicht, wenn du lügst, könntest du von den Ritualen ausgeschlossen werden."

Mein Mund wurde trocken. Gott, die machten keine Scherze, oder? Und über das Geschäft zu fragen… Wollten sie hier etwas herausfinden?

Emmetts Blick glitt über die Menge und hielt kurz inne. Er sah irgendwo hinter mich, also wusste ich nicht, wen er ansah … vielleicht seinen Vater?

Dann sah Emmett zu dem Ältesten auf, der die Frage gestellt hatte. „Ich kann nur für mich selbst sprechen und nach bestem Wissen und Gewissen für die Firma, aber nein, soweit ich weiß, haben wir nie einen Geschäftspartner über den Tisch gezogen."

Die Stöcke schlugen und die Ältesten wandten sich mir zu. „Wahrheit oder Pflicht, Ms. Carmichael?"

Ich schluckte schwer und bevor ich zu lange darüber nachdenken konnte, entgegnete ich: „Pflicht."

Der Mann lächelte mich an. Es war nicht unbedingt nett oder freundlich. „Du wirst mit Jenny da drüben rumknutschen, während der Älteste St. Claire sie fickt."

Mein Blick fiel auf Emmett, der die Hände zu Fäusten

geballt hatte. Dann sah ich den Ältesten an. „Ich soll nur mit ihr rummachen? Ich muss *ihn* nicht anfassen?"

„Nur sie."

Ich sah Emmett erneut an und er nickte kurz.

„Gut. Ich akzeptiere die Aufgabe."

„Bademantel aus", befahl der Älteste, nachdem ich aufgestanden war.

Ich nahm mir kaum die Zeit, die Augen zu verdrehen, bevor ich den seidenen Mantel, der nur von einem dünnen Band zusammengehalten worden war, öffnete. Ein Sofa war herübergeholt worden, sodass wir für alle gut sichtbar waren und ich sah, wie Walkers Vater seinen silbernen Umhang ablegte und sich ans Ende stellte. Er war erregt. Eine Frau, wahrscheinlich Jenny, stieg auf das Sofa und ging auf Hände und Knie.

Ich atmete heftig aus, bevor ich der Vorstellung beitrat und mich vor Jenny platzierte. Sie lächelte mich an und sah kein bisschen schüchtern aus.

Ich würde warten, bis…

Aber Mr. St. Claire verschwendete keine Zeit. Er ergriff ihre Hüfte und vergrub sich in ihr. Schnell begann er, sie mit einem heftigen und schnellen Rhythmus von hinten zu ficken. Ihre Titten bewegten sich mit jedem Stoß und sie hielt sich am Rand des Sofas fest.

„Jetzt", rief der Älteste hinter mir.

Ich nickte und streckte die Hand aus, die ich auf Jennys Gesicht legte. Es war weich. Sie war noch jung, Mitte, Ende zwanzig. Wieso war sie an diesem Abend hier?

Wir hatten keine Zeit für Fragen. Ich lehnte mich vor und küsste sie.

Ihre Lippen waren weich und sie küsste mich, machte Geräusche, die aus einem Porno hätten kommen können und eindeutig für die Zuschauer bestimmt waren.

Wie sie wollte.

Ich fragte mich, ob Emmett gefiel, was er sah. Machte es ihn geil, wenn er sah, wie ich eine andere Frau küsste? Der Gedanke daran brachte mich dazu, sie ein wenig enthusiastischer zu küssen, auch wenn das schwer war, wenn sie so vor und zurück gerissen wurde, wie es der Fall war.

Es dauerte sowieso nur wenige Minuten.

Zum Ende hin war sie allerdings auch ein wenig enthusiastischer und ihre Zunge fand den Weg in meinen Mund. Sie biss mich auf die Unterlippe, als Mr. St. Claire um sie griff, um ihren Kitzler zu reiben. Die Geräusche, die sie von sich gab, waren nun ehrlich und sie saugte an meiner Lippe, als sie kam.

Ich löste mich von ihr und war verwirrt über diese Erfahrung, die ich zum ersten Mal gemacht hatte.

Ich war ein wenig wackelig auf den Beinen, als ich zurück zu meinem Sessel ging. Okay, *puh*. Erste Pflichtaufgabe bestanden. Ich sah Emmett an und sein Blick war intensiv. Ich war mir nicht sicher, aber ich glaubte, dass ihm das Gesehene gefallen hatte. So sah er aus, wenn er geil war. Was *mich* wiederum geil machte. Als ich mich also wieder setzte, war ich aus vollkommen anderen Gründen unruhig als zu Beginn des Rituals.

„Wieder zu dir." Der Älteste wandte sich Emmett zu. „Wahrheit oder Pflicht?"

„Wahrheit", sagte Emmett wieder.

„Was willst du nicht, was die Leute von dir wissen?", fragte der Älteste, ohne mit der Wimper zu zucken.

Ich zuckte. Gott. Sowas fragte man andere Leute doch nicht einfach.

Ich erwartete, dass Emmett sich stattdessen für Pflicht entschied, aber er sah dem Fragesteller in die Augen und antwortete. „Ich hasse es, dass die Leute wissen, dass ich unsicher bin, ob sie mich wirklich meinetwegen oder nur meines Geldes wegen mögen. Ich hasse, dass sie wissen, dass ich tief in mir niemals glauben kann, dass sie mich einfach mögen, wie ich bin."

Heilige *Scheiße*. Hatte er das wirklich gerade zugegeben? Laut im Saal voller Aasfresser? Und ich hatte ihn einen Feigling genannt. Er war unglaublich mutig.

Ich wollte zu ihm laufen und ihm sagen, dass das albern war. Dass jeder, der ihn wirklich kennenlernte, ihn li...

Ich erstarrte inmitten des Gedankens.

Oh scheiße. Ihn *lieben* würde. Jeder, der ihn wirklich kennenlernte, würde ihn lieben. Hieß das...? Sagte ich, dass ich...?

Ich blinzelte und verpasste die Frage, als der Älteste sich zu mir drehte und fragte: „Wahrheit oder Pflicht?"

„Oh ... ähm, ich..." Ich schüttelte den Kopf. „Pflicht."

„Du musst dich vorbeugen, am Stuhl festhalten und dir von jedem Mann im Saal, der Lust drauf hat, den Hintern versohlen lassen."

Emmett stand auf. „Kann sie sich für Wahrheit entscheiden?"

Der Älteste nickte. „Das kann sie."

Ich bewegte mich unruhig, sah zwischen Emmett und dem Ältesten hin und her. Ich hatte unglaubliche Angst vor dem, was er mich fragen würde. Aber wenn Emmett so mutig sein konnte, dann konnte ich das vielleicht auch?

„Wie lautet die Frage?"

„Wieso hat deine Mutter dich hierher geschickt?" Der Älteste sah mir direkt in die Augen. „Vergiss nicht, dass du rausfliegst, wenn du lügst."

Mein Mund stand kurz offen, dann schloss ich ihn schnell. Diese Hurensöhne! Ich konnte Emmetts Blick auf mir spüren. Natürlich konnte ich das. Er hatte nicht die leiseste Ahnung gehabt, dass meine Mutter mich *hergeschickt* hatte. Ich wusste, dass er erwartete, dass ich ruhig blieb und die Frage beantwortete.

Mich allerdings ergriff die Panik. „Pflicht!"

Ich stand also auf, drehte mich um und platzierte mich am Rand des Stuhls, ergriff die Lehne mit beiden Händen und war in Position.

KAPITEL SECHZEHN

Emmett

„Nein. Wahrheit", protestierte ich. Ich sah Bellamy, die meinen Blicken auswich, irritiert an. „Sie wählt *Wahrheit*."

Das hier hatte zu diesem Zeitpunkt nichts damit zu tun, dass ich nicht wollte, dass ein anderer Mann sie schlug.

Ich wollte die Wahrheit hören.

Mein Bauchgefühl sagte mir, dass ich die Wahrheit hören *musste*.

Die Ältesten schlugen mit den Gehstöcken auf den Boden und der Älteste, der das Wort hatte, sagte: „Wahrheit, Bellamy. Setz dich."

Bellamy schluckte und atmete tief ein, bevor sie der Anweisung folgte. Ihr Blick war zu Boden gerichtet.

„Ms. Carmichael. Ich werde die Frage wiederholen. Wieso hat deine Mutter dich nach Oleander geschickt? Wieso wollte sie, dass du eine Schönheit bist?"

Ich wartete und mir wurde ein wenig schlecht dabei. Ich

konnte kaum atmen, während ich zusah, wie die Frau, die ich lie… Die Frau, die mir wirklich etwas bedeutete, die Wahrheit verkündete, die sie eindeutig für sich behalten wollte.

„Ich erinnere dich noch einmal daran, dass du die Wahrheit sagen musst, ansonsten ist das Ritual nicht bestanden", sagte der Älteste.

Ihr Blick traf den meinen und ich sah Traurigkeit in ihren Augen. Sie konnte meinem Blick nicht lang standhalten und senkte ihn wieder zu Boden.

„Sie wollte, dass ich eine Schönheit werde, weil sie hoffte, dass ich ausgewählt werden würde, damit ich den Rekruten verführen und dazu bringen kann, mich zu heiraten."

Ihr Körper zitterte. Sie saß mir gegenüber und auch wenn ich nicht mochte, was ihre Mutter vorgehabt hatte, war ich nicht wirklich davon überrascht. Jede einzelne Mutter hier in Darlington wollte ihre Tochter verkuppeln, in der Hoffnung, dass daraus eine feste Verbindung wurde. Das war die Kultur hier. Das lag in der Natur ihres blauen Blutes. Jede Mutter hatte die Pflicht, einen Mann für ihre Tochter zu finden, der denselben Wohlstand mitbrachte, wenn nicht sogar noch mehr, und der wie ihre Vorfahren sowie die Fähigkeit hatte, einen angemessenen und luxuriösen Lebenswandel zu garantieren, der dem der Kindheit der Tochter entsprach. Es machte keinen Sinn, dass es Bellamy so aus der Bahn warf, das zuzugeben.

„Da ist noch mehr", sagte der Älteste, der den Stock auf den Marmorboden schlug.

Bellamy zuckte zusammen und fügte dann hinzu: „Alle, die vor Emmett die Rituale absolviert haben, haben sich in ihre Schönheiten verliebt und ein Leben mit ihnen angefangen. Aus den Ritualen gingen Ehen oder zumindest Verlobungen hervor. Am Ende ist die Schönheit in einer festen Beziehung."

Der Älteste schlug erneut auf den Boden. „Es gibt noch mehr."

„Sie möchte, dass ich Emmett heirate", erklärte Bellamy, den Blick noch immer auf den Boden gerichtet, anstatt auf mich.

„Gut, Ms. Carmichael", sagte der Älteste. „Ich werde dir helfen, das hier ein wenig schneller vonstatten zu bringen. *Wieso* möchte deine Mutter, dass du Emmett heiratest?"

Endlich sah sie mich an. „Wegen seines Geldes."

„Es gibt noch mehr!" behauptete der Älteste mit einem weiteren Schlag seines Gehstocks.

Bellamys Augen sprangen zwischen dem Ältesten und mir hin und her. Ihre Lippen zitterten und sie sagte stumm: „Es tut mir leid", bevor sie antwortete. „Weil meine Mutter und ich pleite sind. Wir sind seit Jahren bankrott und leben eine Lüge. Wir tun so, als hätten wir Geld, obwohl das nicht stimmt. Meine Mutter glaubt, dass unsere Probleme durch eine Ehe mit Emmett verschwinden würden. Sie wollte, dass ich ihn wegen seines Geldes heirate, weil wir es *brauchen*."

Ich erinnerte mich daran, wie ich versucht hatte, mit Montgomery, Sully und meinen anderen Freunden ins Footballteam zu kommen. Ich war heftig getackelt worden und wäre bei meinem ersten Fang fast ohnmächtig geworden. Ich kann mich noch daran erinnern, wie es sich anfühlt, wenn einem die Luft genommen wird und man Angst hat, nie wieder atmen zu können. Es scheint unmöglich zu sein, jemals wieder frische Luft zu bekommen und…

Genau das fühlte ich in diesem Moment.

„Was hast du dir gewünscht, wenn du die Rituale erfolgreich beendest?", fragte der Älteste.

ALTA HENSLEY & STASIA BLACK

„Dass Emmett mich heiratet", antwortete sie leise. Sie hatte Tränen in den Augen.

„Wieso hast du nicht einfach nach Geld gefragt, wie es die anderen Huren tun", rief ich laut, während ich vom Sessel aufstand und mich vor ihr auftürmte. „Wieso eine Ehe?"

Bellamy sah zu mir hoch und die Tränen rannen über ihr Gesicht. „Status", entgegnete sie einfach. „Wir brauchen mehr als das Geld. Du weißt doch, wie Darlington funktioniert."

Ich brauchte frische Luft.

Ich brauchte verdammt noch mal frische Luft.

Ich machte ein paar Schritte von ihr weg und drehte allen den Rücken zu. „Ja, ich weiß genau wie Darlington ist", sagte ich, mehr zu mir selbst.

Die Ältesten begannen mit ihren Stöcken auf den Boden zu schlagen, was das Zeichen dafür war, dass das Ritual vorbei war. Sie hatten für heute ihr Ziel erreicht.

Ich behielt so gut ich konnte die Fassung. Ich wollte nicht, dass sie wussten, wie sehr Bellamys Wahrheit mich mitgenommen hatte. Ich ergriff ihren Arm und half ihr auf die Beine. Ich würde nicht zulassen, dass sie wussten, dass sie Macht über mich hatten. Niemand hatte Macht über mich.

Niemand.

Nicht einmal Bellamy.

Wir verließen Seite an Seite den Ballsaal, genauso, wie wir hereingekommen waren.

„Heb den verfickten Kopf", flüsterte ich mit zusammengebissenen Zähnen. „Die Ältesten werden uns nicht brechen."

Bellamy gehorchte auf der Stelle und straffte zeitgleich die Schultern.

Als wir das Schlafzimmer erreicht hatten, drehte sie sich in dem Moment, in dem ich die Tür schloss, auf dem Absatz zu mir um.

„Es tut mir so leid, Emmett. Ich weiß, was du glaubst musst…"

„Dass du genauso bist wie alle anderen", fing ich an. Ich ging direkt zu der Whiskeyflasche und schenkte mir ein Glas ein. „Dass ich nicht wirklich überrascht sein sollte."

Sie ging hinüber zum Schrank und holte etwas zum Anziehen raus. Irgendwie sorgte das dafür, dass diese Ausnahmesituation ein wenig normaler wurde. Sie blieb still, aber was sollte sie auch noch sagen? Sie hatte alle Karten auf den Tisch gelegt und sie hatte wirklich keine gute Hand.

„Bravo", sagte ich und nahm einen großen Schluck von meinem Drink. „Das habe ich nicht kommen sehen. Normalerweise weiß ich vorher, wenn eine Frau mich nur benutzt. Du hast mich wirklich gut getäuscht."

„Es war kein Spiel", erklärte sie leise. „Ich habe dich nicht benutzt."

Ich schnaubte und ging hinüber zum Fenster, drehte ihr den Rücken zu, während ich zum Nachthimmel hinauf sah. „Du hast mich nicht benutzt? Wie würdest du es denn dann nennen? Dein Wunsch war es, mich am Ende zu heiraten. Kein Geld. Nicht das Geld des Ordens. Du willst sie nicht verarschen. Du willst *mich* verarschen. *Mich* zwingen, *dich* zu heiraten." Ich drehte mich zu ihr um. „Erkläre mir noch mal, wieso du mich nicht benutzt hast."

„Als all das hier angefangen hat … als ich zugestimmt habe, als Schönheit herzukommen, habe ich das alles nicht durchdacht. Nicht wirklich. Ich meine … Wie hätte ich das tun können? Ich habe einfach nur das getan, was meine Mutter von mir erwartet hat, wie ich es schon mein ganzes Leben lang tue. Ich kann es mir nicht erlauben, Nein zu sagen. Ich kann mein Leben nicht so verbringen, wie ich es möchte. Ich tue alles, was eine Südstaatenschönheit tut und halte mich an die Regeln der Gesellschaft."

Sie setzte sich auf den Rand des Bettes und begann mit ihren Fingern zu spielen. „Aber du hast recht. Ich habe ein Spiel gespielt." Sie sah mich an. „Seit mein Vater gestorben ist und uns mittellos zurückgelassen hat, habe ich es gespielt. Hierher zu kommen war anders. Ich musste nur den Schein wahren."

Ich lachte und es hörte sich giftig an. „Den Schein wahren. Das ist alles, was du getan hast. Das ist alles, was du je getan hast." Ich entschied mich, mir gegenüber ehrlich zu sein und fügte hinzu: „Ich dachte wirklich, dass du anders seist. Die Bellamy, die ich hier auf dem Zimmer kennengelernt habe ... Nun, ich dachte nicht, dass du bist, wie der Rest. Ich dachte, ich hätte dich *wirklich* kennengelernt."

„Das hast du auch", entgegnete sie schnell. „Auch wenn ich das mit dem Geld nicht gesagt habe ... Das heißt nicht, dass ich gelogen habe. Ich habe mein Bestes gegeben, dich nie anzulügen. Ich wollte nicht, dass du die Wahrheit kennst, weil ich nicht wollte, dass irgendjemand sie kennt. Weißt du, wie peinlich es ist, in Darlington zu leben und plötzlich arm zu sein, wenn man einst reich war? Weißt du wie schwer es ist, den Schein zu wahren und die Wahrheit vor allen zu verstecken? Ich war in der High-School und konnte mir kaum das Mittagessen leisten, geschweige denn das Kleid für den Prom. Und ich weiß, dass ich nicht das einzige Mädchen bin, bei der Geld ein Problem war. Ich tue mir nicht selbst leid..."

„Hört sich aber ziemlich danach an", warf ich ein und hob das Glas. „Armes reiches Mädchen."

„Ich habe mein Leben lang versucht, so zu tun, als sei ich jemand, der ich nicht bin." Ich hielt einen Moment inne. „Aber bei dir, während wir hier waren, war ich ich selbst. Ich konnte die arrogante Beautyqueen ablegen und einfach ... leben. Ich wusste, dass das Kartenhaus zusammenfallen würde. Ich wusste, dass diese kleine, sichere Blase irgendwann zerplatzen würde. Ich möchte ehrlich mit dir sein, Emmett. Es hat mir gefallen, hier zu sein. Mir haben die Rituale gefallen … Zumindest die meisten. Ich mag es, hier eingesperrt zu sein und gezwungen zu werden, jede Sekunde mit dir zusammen zu sein."

Sie wurde rot, als sie hinzufügte: „Und ich mochte es wirklich, deine Sklavin zu sein. Ich mochte es, wie du die Kontrolle übernommen hast und wie einfach es für mich war, sie dir zu übergeben. Zum ersten Mal in meinem Leben hatte ich das Gefühl, frei atmen zu können."

Ich ging herüber zu dem Sessel am Kamin und setzte mich. „Lass mich dich etwas fragen." Ich nahm einen Schluck von meinem Whiskey und bedeutete ihr, sich mir gegenüber zu setzen.

Zögerlich folgte sie meiner Aufforderung und ich konnte sehen, dass ihre Hände zitterten, als sie auf mich zukam. Ein selbstzerstörerischer Teil von mir wollte nichts weiter, als sie in die Arme zu schließen und sie zu beruhigen. In mir war das starke Bedürfnis, mich um diese Frau zu kümmern, wieder erwacht. Ich wollte ihr versprechen, dass alles gut werden würde und ich mich um ihre Probleme kümmern würde.

Aber ich war kein Idiot. Nicht mehr.

„Woher hast du gewusst, dass ich dich auswählen würde?", fragte ich sie.

„Weil…" Sie schluckte schwer. „Ich wusste, dass du in der High-School in mich verschossen warst. Ich habe dich gesehen, wie du mich in den letzten Jahren auf Partys beobachtet hast. Ich wusste … na ja, zumindest habe ich gehofft, dass…"

„Wenn du also wusstest, dass es ein Leichtes für sich sein würde, mich um deinen kleinen Finger zu wickeln, wieso hast du es dann nicht auf die Darlington-Weise mit deiner Mutter versucht? Wieso habt ihr es nicht gemacht wie alle anderen, die auf mein Geld aus sind?"

„Weil es um *dich* geht, Emmett. Darauf hättest du dich niemals eingelassen. Du würdest niemals eine Frau aus Darlington heiraten und das weißt du auch."

„Ach ja und warum nicht?", fragte ich und meine Stimme wurde ein wenig höher als ich beabsichtigt hatte.

„Was meinst du?" Bellamys Blick traf auf meinen.

„Wieso würde ich niemals jemanden aus Darlington heiraten?"

Ich sah die Erkenntnis in ihren Augen, als sie mit der Zunge über die Lippen fuhr und nickte. Sie atmete tief durch. „Weil du immer das Gefühl hattest, nur wegen deines Geldes gemocht zu werden. Du denkst, dass dich niemals jemand lieben könnte, wenn du kein Geld hättest. Dass…"

„Ganz genau", rief ich und knallte das leere Glas auf den Tisch, bevor ich aufstand. „Ich würde niemals eine geldgeile Schlampe heiraten, es sei denn, ich würde dazu gezwungen. Und das hast du gewusst. Du wusstest es genau und hast es gegen mich verwendet."

Beim Wort Schlampe war sie zusammengezuckt und ich hasste es, dass ich die Kontrolle und Haltung verlor. Ich hatte sie nicht so betiteln wollen, aber ich konnte nicht anders. Ich wollte ihr wehtun. Ich wollte, dass sie denselben Schmerz fühlte wie ich. Ich wollte, dass sie sich schmutzig und benutzt fühlte, genau wie ich. Ich wollte, dass sie … anders war.

„Ich weiß, dass du wütend bist", fing sie an und stand auf, um zu mir herüberzukommen.

„Ich bin nicht wütend", erklärte ich. „Mir ist schlecht. Ich bin es alles leid." Ich hob die Arme und deutete auf das Zimmer. „Ich habe mein Bestes gegeben, mir Respekt zu verschaffen und Teil der Südstaatenelite zu werden. Ich wollte immer nur perfekt in allem sein. Und wofür? Hierfür? Was zum Teufel ist das hier?"

Sie sagte nichts und machte nur einen Schritt auf mich zu. Ihre großen Augen flehten mich an, zu verstehen.

„Nachdem wir bei den Ritualen so viel Scheiße durchgemacht haben, werden wir es am Ende nicht schaffen. Wir sind kurz davor und jetzt müssen wir als Verlierer gehen."

„Das müssen wir nicht", warf sie ein.

Ich lachte fast manisch. „Oh, doch, das müssen wir. Ich werde niemals zulassen, dass dein Wunsch in Erfüllung geht. Ich werde dich nicht heiraten, Bellamy. Ich würde niemals jemanden heiraten, der nicht mehr von mir will als mein Geld."

„Ich will dich nicht wegen deines Geldes…"

„Tust du wohl", unterbrach ich. „Und ich lasse nicht zu, dass ich ausgenutzt werde."

Ich sah die Tränen über ihre Wangen laufen und das Verlangen, sie wegzuwischen und Bellamy in meine Arme zu ziehen, war riesig. Ich wollte den Duft ihrer Haare in meiner Nase haben, während ich ihre Sorgen weg küsste. Ich wollte…

Scheiß drauf.

„Wein nicht, Bellamy. Du bist eine wunderschöne Frau und du wirst einen anderen, reichen Idioten finden, der dein Sugardaddy sein will."

„Bitte sei nicht gemein", flüsterte sie kaum hörbar. „Und das will ich nicht."

Der Gedanke an sie zusammen mit einem anderen Mann, war eher mir als ihr gegenüber *gemein*. Er hatte dafür gesorgt, dass mir wirklich schlecht wurde und ich überlegte, ob ich gehen und dem Whiskey, den ich eben getrunken hatte, einen zweiten Auftritt gönnen sollte, einfach nur, damit die Anspannung in meinem Magen abnahm.

Ich hasste, dass ich mein Herz an den Schläfen fühlen konnte und weil ich mich sorgte, dass ich etwas sagen oder tun könnte, was ich womöglich bereuen würde, stürmte ich zur Tür, um zu gehen.

„Emmett, bitte geh nicht. Können wir darüber reden?"

Ich sah über die Schulter zu ihr zurück. „Ich dachte wirklich, dass du anders wärest, Bellamy. Danke, dass du mir heute Abend endlich die Augen geöffnet hast.

KAPITEL SIEBZEHN

Bellamy

Natürlich war es ein schreckliches Geheimnis und schlimmer hätte es wohl nicht ans Licht kommen können, aber wenn er mir die Möglichkeit gegeben hätte, es zu erklären...

Vielleicht konnte man es aber auch gar nicht erklären. Die Wahrheit war, dass ich unentschlossen gewesen war, wonach ich als Belohnung für das Bestehen der Rituale hatte fragen wollen. Manchmal glaubte ich, dass Emmett und ich nie so viel übereinander erfahren hätten, wenn ich einfach nach dem Geld gefragt hätte. Alles schien so gut zwischen uns zu laufen, dass ich ... nicht an das Ende denken wollte. Das war es, was ich getan hatte, nicht wahr? Ich hatte den Moment so sehr genossen, dass ich so hatte tun können, als würde ich mich nicht die ganze Zeit über auf Messers Schneide bewegen? Nicht an Morgen zu denken war irgendwie mein Lebensmotto.

Ich hatte die Nacht über geweint, war auf und ab gegangen und hatte darauf gewartet, dass Emmett zurückkehrte. Als die Sonne aufging, klopfte es an der Tür. Mein Herz machte einen Satz. War es Emmett, der endlich zurückkam, um mit mir zu reden? Wir hatten uns auch in der Vergangenheit gestritten und wenn er nur zurückkäme, könnten wir ganz sicher…

Als ich allerdings zur Tür raste und diese aufriss, stand auf der anderen Seite nur Mrs. H, die ein Tablett mit dem Frühstück in der Hand hielt. „Oh, Sie sind es." Meine Schultern senkten sich und ich wendete mich von ihr ab.

„Nun, das nehme ich dir nicht übel, schließlich weiß ich, was letzte Nacht im Ballsaal passiert ist." Sie stellte das Tablett ab. „Komm her, Kleine. Brauchst du eine Umarmung?"

Im ersten Moment wollte ich sie abweisen. Nein, ich brauchte keine verdammte Umarmung! Ich brauchte von niemandem irgendwas!

Dann allerdings sah ich die ältere Frau mit den freundlichen Falten im Gesicht an und ich konnte mich nicht länger zusammenreißen. Ich machte einen Schritt nach vorne und ließ mich in ihre Arme fallen. Sie war warm und weich und verdammt, sie umarmte einen wirklich gut.

„Alles wird gut, Kleine. Am Ende wird alles gut", sagte sie und strich mir über den Rücken.

Sie war so nett, so mütterlich.

Mütterlich war etwas, was meine Mutter nie gewesen war.

Ich verlor die Fassung komplett und begann an ihrer viel zu großen Brust zu schluchzen. Sie zog mich noch ein wenig fester an sich heran. „So ist es gut, meine Liebe. Lass es raus. Lass es alles raus."

Das tat ich. Ich weinte und weinte und als ich keine Tränen mehr hatte, löste ich mich von ihr und fiel auf das Bett. Ich rollte mich zusammen und drückte ein Kissen an meine Brust. Mrs. H setzte sich neben mich und rieb mir den Rücken.

„Wieso können Sie das so gut?", fragte ich sie. „Haben Sie Kinder?"

Kurz erschien ein trauriger Ausdruck in ihrem Gesicht. „Keine eigenen, aber die Kinder der Mitglieder sind hier auf Oleander mit aufgewachsen. Ich habe das Gefühl, dass ich bei der Erziehung der Jungs einen großen Teil geleistet habe."

Ich wischte mir über die Augen. „Wieso hassen Sie mich dann nicht? Ich habe versucht, einen von ihnen dazu zu zwingen, mich zu heiraten."

Mrs. H sah zu mir herab und löste die Hand von meinem Rücken. „Nun, ich hatte am Anfang einen Verdacht. Das bestreite ich gar nicht. Ich möchte meine Jungs beschützen, besonders in diesem Fall, schließlich wusste ich, worum du gebeten hattest." Sie schüttelte den Kopf. „Dann habe ich euch beide allerdings zusammen gesehen. Normalerweise ist der Junge so ernst, wie ein alter Mann. Nur nicht, wenn du in seiner Nähe bist. Er beginnt zu strahlen und verhält sich seinem Alter entsprechend. Er hat sich daran erinnert, dass es im Leben mehr gibt als die Arbeit und darum, in gewissen Kreisen akzeptiert zu werden. Er hat sich daran erinnert, dass er Freude und eine Partnerin an seiner Seite verdient hat."

Ich schluckte schwer. „Aber ich habe alles kaputtgemacht. Ich habe … einfach nicht gewusst, wie ich es ihm sagen sollte."

„Ihm was sagen solltest?"

„Wie meine Kindheit wirklich gewesen ist. Also, wie es in der High-School gewesen ist."

„Wieso fängst du nicht damit an, es mir zu erzählen?"

Ich schnaubte und wischte mir über die Augen, aber das war wahrscheinlich nicht die schlechteste Idee. Mein Geheimnis war sowieso ans Licht gekommen. Natürlich kannten all die Männer hier auf Oleander meine Umstände und sie waren die wichtigsten Männer hier in der Stadt. Welchen Ruf sollte ich schon noch durch mein Schweigen bewahren?

„Es hat alles angefangen, nachdem mein Daddy gestorben war. Mama und ich haben herausgefunden, dass er spielsüchtig gewesen war. Wirklich schlimm. Wir hatten schreckliche Schulden und nichts weiter. Es war kein Geld mehr da, keine Aktien, kaum etwas, um die Gläubiger zu bedienen."

Mrs. Hs Hand fiel auf ihre Brust. „Oh, meine Liebe. Was habt ihr gemacht?"

Ich schüttelte den Kopf. „Am Anfang gar nichts. Mama hat das alles einfach verdrängt. Ich war eine sechzehnjährige Göre, die es gewohnt war, alles zu bekommen, was sie sich wünschte. Ich war es gewohnt gewesen, dass ein Koch das Essen macht, ein Hausmädchen für Ordnung sorgt … Die waren natürlich als Erste weg. Als der Vollstrecker vor der Tür stand…"

Nun, in der Nacht war ich hereingekommen und hatte meine Mutter mit Pillen um sich verteilt am Boden gefunden. Ich hatte schreckliche Angst und hatte ihren leblosen Körper zur Toilette gezogen und ihr den Finger in den Hals gesteckt, bis sie angefangen hatte, sich zu übergeben. Die Pillen, die in der Toilette landeten, waren hauptsächlich noch ganz gewesen. Ich war gerade noch rechtzeitig gekommen.

Ich hatte Mama ins Krankenhaus bringen wollen, aber sie hatte sich gewehrt, geweigert, gesagt, dass wir dafür kein Geld hatten. Sie hatte geschluchzt, dass es ihr leidtat und dass sie so etwas nie wieder tun würde. Sie war schwach gewesen.

„Ist es besser geworden?", fragte Mrs. H nachdem ich ihr schnell vom ersten Versuch erzählt hatte.

Seufzend schüttelte ich den Kopf. „Schön wäre es. Nein, jedes Mal, wenn es schwerer wurde, musste ich anfangen, auf meine Mutter aufzupassen. Als die Schreiben von Inkassounternehmen im Haus auftauchten, kam ich nach Hause und fand sie in der Badewanne. Sie hatte versucht, sich mit stumpfen Rasierklingen die Pulsadern aufzuschlitzen. Es waren keine tiefen Schnitte, aber sie waren überall an ihrem Arm. Es war so, als hätte sie es nicht übers Herz gebracht, es ganz zu machen. Das war etwa um den Prom rum, glaube ich. Nach außen hin tat ich so, als hätte ich alles im Griff, aber das war nur noch eine Rolle, die ich spielte.

„In Wahrheit lebte ich mit dieser gebrochenen Frau zusammen und versuchte, sie davon abzuhalten, sich umzubringen, während meine Welt langsam zu Bruch ging. Tagsüber spielte ich das zickige Teenagermädchen. Es war einfach eine fiktionale Form meiner selbst. Ich habe mich allerdings immer fester daran geklammert, denn irgendwie glaubte ich, dass das, was zu Hause passierte, nicht real war, wenn niemand davon wusste. Es war, als schliefe ich gar nicht am Fußende von Mamas Bett, weil ihre Depression nachts immer schlimmer wurde und ich da sein musste, um sie vom Schlimmsten abzuhalten.

„Während der Stunden in der Schule machte ich mir immer Sorgen darüber, was zu Hause auf mich warten würde. Und immer, wenn sie noch am Leben war, war es zwar ein Sieg, aber es bedeutete auch noch eine weitere Nacht, in der ich dafür sorgen musste, dass es so blieb."

„Oh, Liebes", unterbrach Mrs. H „Wie hast du das bloß durchgestanden? Du warst doch noch ein Kind!"

„Nun, das konnte ich nicht mehr länger sein, nicht wahr? Ich habe Mama zur Bank geschleppt und sie gezwungen, über den Kredit zu sprechen und ihn mit dem fürs Haus zusammenzuführen. Ich meine, wir hatten schon Schulden bis zum Hals und konnten das Grundstück nicht einfach aufgeben, selbst wenn wir gewollt hätten. Wir schafften es, bleiben zu dürfen, solange wir jeden Monat ein wenig bezahlten."

„Oh, das ist gut", sagte Mrs. H „Ihr habt also eine Lösung gefunden."

„Es war nur eine kurzzeitige Lösung. Sie war nur möglich, weil mein Vater Teil des Ordens gewesen war. Der Banker war ebenfalls im Orden und die Vereinbarung, die wir an dem Tag geschlossen haben, galt für fünf Jahre. Während des Gesprächs wurde klar, dass ich innerhalb von fünf Jahren einen reichen Mann würde finden müssen, der alles in Ordnung bringt."

„Oh", entfuhr es Mrs. H

„Oh", wiederholte ich. „Genau. Ich glaube, dass es Mamas Idee gewesen ist, dass ich herkommen sollte, aber sie könnte auch vom Orden kommen. Ich habe keine Ahnung. Ich weiß nicht, ob sie Emmett kontrollieren wollen, weil sie glauben, dass sie das können, wenn er eine Frau wie mich hat, die nach ihren Regeln spielen muss, zumindest theoretisch. Vielleicht dachten sie auch, dass ich es nicht schaffe und wir es beide versauen."

Ich ließ mich auf das Bett fallen. „Ich weiß rein gar nichts! Alles, was ich weiß, ist, dass ich nie mein eigenes Leben habe führen oder das tun können, was *ich* möchte. Nur hinter diesen Mauern. Wenn ich mit Emmett zusammen bin, habe ich zum ersten Mal seit langer Zeit das Gefühl, dass ich wirklich ich bin. Es ist so, als wären all die Stimmen in meinem Kopf, die mir sagten, dass ich perfekt sein muss, weil das alle von mir erwarten, endlich verstummt. Es ist, als könnte ich endlich einfach ... *ich* sein!"

„Nun, meine Liebe, wieso erzählst du mir das alles? Ich schätze, dass da draußen ein verletzter Mann ist, der das noch viel dringender hören muss als ich."

Ich griff nach dem Kissen und legte es über meinen Kopf. Mrs. H riss es weg und warf mir einen bösen Blick zu.

„Das kann ich nicht", gestand ich und richtete mich auf. „Ich weiß nicht, wie! Emmett ist die einzige Person, die hinter die Maske schauen konnte und trotzdem das mochte, was er sah. Ich hatte so viel Angst davor, diese letzte Schicht zu zeigen, die beweist, dass ich ihm nicht gleichgestellt bin. Er kann niemanden lieben, der ihm nicht gleichgestellt ist. Das hat er immer und immer wieder gesagt. Er kann nicht vertrauen. Er kann *mir* nicht vertrauen!" Bei den letzten Worten brach meine Stimme.

„Es ist egal, wie oft ich mir darüber den Kopf zerbrochen habe, ich weiß, dass ich, wenn ich nicht von hier mit einem Mann weggehe…" Ich sah mit tränenerfüllten Augen zu Mrs. H auf. „Mama ging es so viel besser, bevor ich gegangen bin. Sie hat darüber gesprochen, was wir alles tun würden, wenn ich wieder da war. Sie war voller Hoffnung, schien fast so wie früher. Ich konnte ihr nicht sagen, dass ich mir nicht sicher war, ob ich die Rolle der kaltherzigen Heiratsschwindlerin würde spielen können. Dann bin ich hergekommen und es hatte nichts damit zu tun. Emmett war nicht wie … Er ist unglaublich, Mrs. H. Er ist mehr, als ich mir je hätte erträumen können. Er ist lieb und sanft und sorgt sich und ist zeitgleich dominant. Ich kann in seiner Nähe kaum atmen. Es ist, als würde er mich high machen. Und der Sex…"

„Oh, das kann ich mir vorstellen." Sie lachte ein fröhliches Lachen. „Die Wände hier sind nicht sonderlich dick."

„Mrs. H!" Ich kicherte ebenfalls und schämte mich ein wenig, weil ich wusste, dass sie uns hatte hören können.

Sie winkte allerdings nur ab. „Das ist gesund. Junge Menschen müssen einander anders kennenlernen, um herauszufinden, ob sie … ähm … zueinander passen."

„Oh, wir passen", sagte ich und lachte fast, weil wir so

unglaublich gut zusammenpassten. „Das ist nicht das Problem", seufzte ich.

„Was ist denn das Problem, Liebes?"

Ich sah irritiert zu ihr herauf. Hatte sie nichts von dem, was ich gerade erzählt hatte, gehört? „Alles andere! Er wird mir niemals vergeben. Er wird mir niemals vertrauen. Er wird niemals glauben, dass ich ihn wirklich *seinetwegen* liebe…"

„Und, tust du das?"

Ich wurde weiß um die Nase, weil sie so geradeheraus fragte. Hier hatte es nie um Liebe gehen sollen. Am Ende konnte ich allerdings nicht mehr machen, als die Wahrheit zu sagen."

Ich nickte. „Ich hatte nie…"

Aber ich konnte den Satz nicht zu Ende bringen, denn die Tür öffnete sich. Es war Emmett. Sein Gesichtsausdruck war unlesbar. Mein Blick sprang zwischen ihm und der Tür hin und her. Warte, wie lange war er schon dort gewesen? Hatte er das gehört, worüber wir gesprochen haben? Hatte er gehört, dass Mrs. H gefragt hatte, ob ich ihn liebte? Ich hatte allerdings nicht die Möglichkeit bekommen, die Frage zu beantworten. Er hatte nicht gesehen, wie ich nickte.

Ich sah in sein Gesicht, wollte einen Hinweis finden, aber es war wie versteinert, als sein Blick den meinen traf.

„Heute Abend ist ein Ritual. Es ist unser letztes. Wenn wir das bestehen, ist das hier endlich alles vorbei."

KAPITEL ACHTZEHN

Emmett

Es war das letzte Ritual.

Und ich war mir nicht sicher, was ich tun sollte. Ich war erneut aus dem Zimmer verschwunden, quasi in dem Moment, in dem ich ihr tränenverschmiertes Gesicht gesehen hatte. Sie sah aus, als würde sie durch die Hölle gehen und sie war trotzdem noch immer die schönste Kreatur, die ich je gesehen hatte. Ich musste so schnell wie möglich weg. Das Wissen, dass heute der letzte Abend sein würde, war der einzige Grund, wieso ich Oleander nicht verließ.

Ich hatte noch nie etwas nicht bestanden. Ich gab immer mein Bestes und ich war immer gut genug gewesen, um Erfolg zu haben. Die Vorstellung, das Handtuch in den Sand zu werfen, sorgte fast dafür, dass mir schlecht wurde. Nachdem ich indessen die neuen Informationen bekommen hatte, zog ich allerdings tatsächlich in Erwägung, das Aufnahmeritual in der letzten Stunde sein zu lassen, nicht zu bestehen. Absichtlich.

Bellamy und ich gingen auf die geschlossenen Türen des Ballsaals zu. Wir beide schwiegen. Wir hatten alles gesagt, was gesagt werden musste. Ich zumindest für meinen Teil hatte das getan. Sie hatte versucht, erneut darüber zu reden. „Hör mir einfach zu, bevor wir nach unten gehen." Ich hatte sie allerdings keines Blickes gewürdigt. Ich war einfach die Treppe herabgestiegen und es hatte nur wenige Augenblicke gedauert, bis sie mir folgte und sich beeilte, um mit mir Schritt zu halten.

Ich wollte das Mädchen nicht einmal ansehen. Ich wollte nicht an ihrer Seite stehen. Ich wollte nicht mit ihr in ein Ritual gehen, was zwangsläufig vorsah, dass ich sie anfasste, vielleicht sogar fickte.

Das wollte ich nicht.

Meine Schutzmauern waren wieder intakt. Mein Herz war gesichert. Das Letzte, was ich jetzt brauchen konnte, war ein Sturmangriff.

In der Schachtel, die für den heutigen Abend gebracht worden war, hatte sich nichts weiter befunden als ein Smoking für mich und ein Seidenmantel für Bellamy. Ich bezweifelte, dass sie diesen lange tragen würde. Ich versuchte mein Bestes, mir nicht vorzustellen, wie er von ihren Schultern glitt. Keiner von uns wusste, was uns heute Abend erwarten würde. Da es sich allerdings um das letzte Ritual handelte, würde es wohl nicht einfach werden … Wenn ich es überhaupt absolvieren wollte.

Ich hörte Schritte hinter uns und drehte mich um. Es war Mrs. H.

„Bellamy, du kommst mit mir, um dich für den Abend fertigzumachen." Im Gesicht der Frau war kein Gefühl zu sehen. Kein Hinweis auf das, was uns erwarten würde. Sie machte das hier seit Jahren und wusste genau, wie sie alles verstecken konnte, wenn sie wollte. „Emmett, geh ins Billards-Zimmer. Dort warten deine Freunde auf dich."

Ich war froh, Bellamy zurücklassen zu können und die Möglichkeit zu bekommen, mich zu fassen. Ich war dankbar dafür, etwas Raum zum Atmen zu bekommen. Ich ging in Richtung des Billards-Zimmers, ohne ein weiteres Wort zu sagen oder eine Frage zu stellen.

Als ich hereinkam, saßen vier Männer am runden Tisch und schauten in meine Richtung. Montgomery, Rafe, Walker und Beau saßen unter dem riesigen Baccara-Kronleuchter, der von der hohen Decke hing. An der Decke war Stuck aus Lehm, Ton, Pferdehaaren und spanischem Moos zur Dekoration angebracht. Ich kannte diesen Raum. Ich hatte hier schon viele Drinks genommen und Zigarren geraucht. Diesmal allerdings fühlte es sich anders an.

Beau Radcliffe war der Erste, der das Wort ergriff, das Glas mit Scotch in der Hand. „Wir sind gerufen worden, um das letzte Ritual heute Abend mitzuerleben."

Ich drehte mit zu Walker um, der seine Aufnahmerituale noch nicht beendet hatte und somit noch kein Mitglied des Ordens war. „Selbst du?"

Walker zuckte mit den Schultern. „Ich habe eine Einladung bekommen. Ich bin mir nicht sicher, wieso."

Ich nahm meinen Platz am runden Tisch aus honduranischem Mahagoni ein, griff nach der Flasche Scotch, die in der Mitte stand. „Wisst ihr, was mich erwartet?"

Montgomery lachte. „Das ist vor deinen Freunden verheimlicht worden. Was … merkwürdig ist."

Ich nahm einen Schluck von meinem Drink, lehnte mich zurück und seufzte. Zum ersten Mal, seit ich von Bellamy die Wahrheit erfahren hatte, hatte ich das Gefühl, mich entspannen und ehrlich zu meinen Freunden sein zu können. „Ich glaube nicht, dass ich Mitglied im Orden werde."

Beau schnaubte: „Mach dir keine Sorgen wegen des letzten Rituals. Das schaffst du schon."

„Ja, es wird nicht schwerer sein als die, die du schon hinter dir hast", fügte Montgomery hinzu.

„Es geht nicht um das Ritual", fing ich an. „Es geht um Bellamy."

Alle meine Freunde außer Walker, sahen sich wissend an.

Walker bemerkte es und fragte: „Was habe ich verpasst."

„Bellamy ist pleite", entgegnete Rafe. „Das ist letzte Nacht vor allen ans Licht gekommen."

Walker zuckte mit den Schultern. „Das ist jetzt nicht wirklich ein Geheimnis. Das Gerücht geht seit Jahren um."

„Schwachsinn", fuhr ich ihn an. Es gefiel mir nicht, dass diese Information in Darlington die Runde gemacht hatte. Ich mochte nicht, dass ich keine Ahnung gehabt hatte, aber mir … tat Bellamy … auch leid, wenn die Leute wirklich ihr dunkelstes Geheimnis kannten. „Ich habe nichts davon gehört, dass sie kein Geld hätte."

„Es stimmt, Mann", fuhr Walker fort. „Ich weiß, dass ihre Mutter zu meinem Vater gegangen ist und nach Geld gefragt hat. Viele Male. Ich weiß, dass er ihr half, wenn er etwas davon hatte, aber … er hat die arme Frau betteln lassen."

„Dein Vater ist ein Arsch", murmelte Montgomery eher für sich selbst als für die Runde.

„Und wieso interessiert es dich, ob Bellamy bankrott ist oder nicht?", fragte Walker, der Montgomerys Beleidigung einfach ignorierte.

„Das tut es nicht", sagte ich. Ich trank mein Glas leer und goss ein weiteres ein. „Es interessiert mich, dass sie mich angelogen hat. Und es interessiert mich auch, worum sie bitten wird. Das Mädchen soll mich heiraten, wenn wir die Rituale absolvieren. Ihr Wunsch ist die Hochzeit!"

Walker atmete hörbar aus und schüttelte dann kichernd den Kopf. „Au Mann, au Mann."

„Ja. Wenn ich also das letzte Ritual abschließe... Wer bekommt dann einen Ring an den Finger?", fragte ich kopfschüttelnd und natürlich rhetorisch. „Das wirklich Kranke daran ist ... Ich mochte Bellamy wirklich. Sie war mir wichtig." Ich sah die Männer am Tisch an, während ich gestand: „Ich war dabei, mich in sie zu verlieben."

„Gott", sagte Montgomery mit einem Lächeln. „Ich meine ... Du hast sie schon immer gemocht."

„Das habe ich", gestand ich. „Und mit der Frau eingeschlossen zu sein, hat meine Gefühle nur noch verstärkt. Es war allerdings alles eine Lüge. Sie hat mich vom ersten Tag an belogen. Sie möchte mich wegen meines Geldes. Nichts weiter. Sie ist nicht anders als die anderen Mädchen da draußen. Sie möchte nur Geld."

„Da muss ich widersprechen. Wir reden von Bellamy Carmichael", erklärte Walker ruhig. „Wir kennen sie schon so lange, wie wir einander kennen. Sie hat mehr, als du zugibst, und das wissen wir alle. Das Mädchen hatte es nicht leicht. Wenn du mich fragst, ist ihre Mutter eine Psychopathin. Und ihr Vater war ein Verlierer. Bellamy allerdings ... Sie ist ein cooles Mädchen."

„Und du belügst dich selbst", fügte Rafe hinzu.

Montgomery nickte. „Ich habe dich bei den Ritualen mit ihr gesehen. Du hast nicht nur die Macht über ihren Körper übernommen, sondern..."

„Sie gehört dir!", unterbrach ihn Beau. „Es ist offensichtlich, was ihr füreinander empfindet. Sie benutzt dich nicht wegen deines Geldes. Selbst wenn das ursprünglich ihre Absicht gewesen sein sollte ... So, wie sie dich ansieht und sich in deiner Nähe verhält, ist offensichtlich, dass es zwischen euch beiden eine tiefere Verbindung gibt."

Ich lachte, schloss kurz die Augen und fragte dann: „Also sollte ich einfach das Ritual, was auf mich zukommt, abschließen und ihr erlauben, dass sie ihren Wunsch ausspricht? Ich soll sie heiraten? Schlagt ihr das wirklich vor? Das ist absurd."

„Wir wissen nicht, was die Ältesten sagen werden", sagte Montgomery. „Aber ich denke, du solltest das, was du angefangen hast, zu Ende bringen. Werde ein Mitglied des Ordens, so wie du es immer wolltest. Danach sollte das Schicksal entscheiden."

„Auch wenn das Schicksal will, dass ich *heirate*?"

„Du bist niemand, der einfach aufgibt", sagte Walker. „Ich weiß, dass ich mein Aufnahmeritual noch nicht hinter mir habe und dass ich nicht die leiseste Ahnung habe, wie schwer diese Rituale sind, aber ich weiß, dass ich ganz sicherlich nicht im letzten Moment den Kopf in den Sand stecken werde, wenn ich erst mal 109 Tage hier verbringe."

„Ich wäre nicht der Erste in unserer Gruppe, der es nicht schafft", erklärte ich sanft. Es gefiel mir nicht, der Gruppe der Aussätzigen anzugehören, aber ich wusste, dass das eine Möglichkeit war.

„Sully hat es nicht geschafft … Aber das ist eine andere Geschichte. Er wollte das hier nie. Du schon. Du wolltest schon immer ein Mitglied des Ordens des Silbernen Geistes sein, wahrscheinlich mehr als alle anderen hier. Ich weiß, wie viel dir das hier bedeutet", erinnerte. Montgomery mich.

Ich hasste, dass sie alle recht hatten. Ich wollte nicht versagen. Ich wollte ein Mitglied des Ordens werden und das schon seit meiner Kindheit. „Ich wünschte, dass sie mich nicht angelogen hätte."

„Sie lügt, sei Jahren", stellte Walker klar. „Ich glaube nicht, dass sie noch weiß, wie man die Wahrheit sagt, zumindest nicht, was ihre Situation angeht. Ich kann ihr da keinen

Vorwurf machen. Versetz dich in die Lage des armen Mädchens. Keiner von uns würde zugeben wollen, was sie durchgemacht hat. Keiner von uns an diesem Tisch hat keine Geheimnisse. Nur weil sie die Vergangenheit vor dir verheimlicht hat, heißt das nicht, dass sie ein schlechter Mensch ist."

„Sagt der Mann, der sich nicht der Tatsache stellen muss, sie zu heiraten", brachte ich zwischen zusammengebissenen Zähnen hervor. „Und ich habe nie behauptet, dass sie ein schlechter Mensch sei."

Bellamy war alles andere als ein schlechter Mensch. Ja, ich war wütend. Ich kochte vor Wut. Aber die Wahrheit war, dass mein Herz für sie zerbrach. Wenn sie ehrlich zu mir gewesen wäre und mich um Hilfe geben hätte, dann hätte ich ihr jeden einzelnen Cent gegeben, den sie brauchte. Ich hätte … Ich hätte sie niemals gezwungen, all diese Rituale durchzumachen, nur damit sie ihre Rechnungen bezahlen konnte.

Ich glaube, deshalb war ich in Wahrheit wütend.

Ich wollte Bellamy helfen. Ich hätte ihr geholfen, so sehr ich konnte.

Ich mochte nur nicht dazu gezwungen werden.

„Wenn wir das mit der Hochzeit mal einen Moment vergessen", begann Montgomery, der nach meinem leeren Glas griff und es neben seines stellte. Er war immer derjenige, der sich um seine Freunde sorgte. Ich wusste, dass er nicht wollte, dass ich mehr trank, vor allem nicht wegen des Rituals. „Ist Bellamy dir wichtig?"

Ich wollte die Frage nicht beantworten. Ich wollte nicht, dass sie die Wahrheit kannten, aber noch weniger wollte ich mich ihr stellen.

Sie alle warteten auf meine Antwort. Ich wusste, dass ich mich nicht durch Schweigen aus der Situation winden konnte.

Ich seufzte. „Ihr wisst alle, dass sie das ist. Das war sie schon immer."

„Dann tu für euch beide das Richtige. Bestehe dieses Ritual. Du bekommst, was du willst, und lass sie das haben, was sie will", sagte Montgomery.

„Sie will die Ehe!"

„Sie möchte Sicherheit", entgegnete er sanft. „Sie möchte sich sicher und behütet fühlen, und zwar zum ersten Mal seit Jahren. Wenn sie dir so wichtig ist, wie du behauptest, dann musst du ihr das geben. Ehe oder nicht, sie muss dieses Aufnahmeritual bestehen, ansonsten steht sie vor dem Nichts."

„Tatsächlich würde sie mit weniger gehen, als sie gekommen ist", stellte Walker klar. „Jetzt kennen alle ihr Geheimnis. Sie kann ihre finanzielle Lage nicht mehr vor Darlington geheim halten. Sie und ihre Mutter wären in den Augen ihrer eigenen kleinen Welt ruiniert. Irgendwas musst du ihr geben. Erlaube wenigstens, dass die Ältesten ihr Geld geben."

„Fein", sagte ich. „Ich werde das Ritual durchziehen. Wenn sie allerdings nach der Ehe fragt … Das könnt ihr Wichser nicht von mir verlangen."

„Zieh einfach das Ritual durch und dann schaut ihr, was passiert, wenn all das hier vorbei ist", schlug Beau vor.

Eine leere Flasche Scotch und eine halbe Stunde voller Vorträge und Ratschläge später hörten wir eine Pistole, die im Garten losging und wussten, dass das Ritual bald beginnen würde.

Ein Mann in einem silbernen Umhang erschien vom Geheimgang in der Wand. Der Älteste bedeutete uns, ihm zu folgen. Und in kompletter Stille gehorchten wir ihm und folgten ihm im Gänsemarsch durch einen engen Flur, der uns zum weißen Ballsaal führte.

Tiefe, männliche Stimmen sangen auf Latein, als wir eintraten und hunderte weiße Leander in hohen Glasvasen waren überall verteilt. Der Duft der Blumen konnte fast das ungute Gefühl wegen dem, was als Nächstes geschehen würde, überdecken. Ach, wie passend. Der Nektar dieser wunderschönen Blumen war giftig, tödlich. Der Rhythmus der Gehstöcke auf dem Boden hallte in meinen Knochen wider.

„Emmett Washington", rief einer der Ältesten. Die Stöcke schlugen weiter. „Bist du bereit, das Aufnahmeritual zu beenden?"

Das Schlagen wurde schneller.

Lauter.

Lauter.

Der Wind kam durch die offenen Fenster, wehte um uns, so als hätte der Orden den Teufel selbst beschworen.

Das Singen auf Latein begann erneut, während die Gaslampen im Saal flackerten.

Dann übertönte eine Orgel alle anderen Geräusche. Der Hochzeitsmarsch erklang und Bellamy kam komplett nackt durch die Doppeltür.

„Emmett Washington. Dein letztes Ritual der Aufnahme beginnt hiermit."

KAPITEL NEUNZEHN

Bellamy

Sie platzierten mich, während Emmett aus der Ferne zusah, auf einer Art Bühne in der Mitte des Saales.

Ich konnte den Ausdruck in seinem Gesicht kaum lesen. Es war leer, monoton. Doch dann wurde das Licht im Raum gedimmt und sämtliche Lampen im Saal, die unter der Bühne angebracht worden waren, schienen auf mich. Das helle Licht blendete mich und ich konnte nichts sehen, was sich außerhalb der erhellten Bühne befand. Ich kniff die Augen zusammen und versuchte Emmett zu sehen, aber er war in der dunklen Menge verschwunden.

Wenn ich doch nur ein paar Minuten mit ihm gehabt hätte, bevor wir dieses Ritual anfangen mussten ... Ich hatte es versucht, aber er hatte es mir verwehrt, zunächst, weil er den Tag über nicht aufs Zimmer zurückgekehrt war und dann, weil er mich nicht einmal zwei Worte hatte sagen lassen, bevor wir nach unten gegangen waren.

Nach all den Wochen, die wir mit Warten verbracht hatten, ging nun alles viel zu schnell. Wenn es doch nur langsamer werden würde ... Wenn ich doch nur die Möglichkeit hätte, nach einer Pause zu bitten, um Emmett zur Seite zu nehmen und mit ihm zu sprechen...

Aber nein – ich stand hier oben auf dieser Bühne mitten im Saal und Mr. St. Claire stand neben mir und hielt einen Auktionshammer in der Hand.

Er schlug ein paar Mal mit dem Hammer. „Ruhe, Ruhe, die Auktion fängt jetzt an. Heute Abend werden wir die Dienste der wunderschönen Ms. Bellamy Carmichael versteigern. Der Sieger bekommt die Beute!"

Er schlug mehrere Male und begann dann schnell zu sprechen, wie ich es den Auktionator bei den paar Malen hatte tun hören, als ich zum Rodeo mitgeschleppt worden war. Einmal war dabei genug gewesen, das kann man mir glauben.

Er schlug noch einige Male mit dem Hammer und sprach dann laut: „Erstes Objekt ist die Ehre, küssen, anfassen und mit den Fingern ficken zu dürfen. Wir werden mit einem Gebot von $ 1.000 anfangen. Höre ich 1.000?"

Er deutete auf die Menge. „Eintausend! Höre ich zwei? Zweitausend." Er deutete in eine andere Richtung. Sie hatten die Beleuchtung so aufgestellt, dass sie zu mir herauf schien und ich konnte die Männer nicht den Kellen zuordnen, die sich überall im Raum hoben. Ich wich zurück und hob die Hände, um die Augen abzuschirmen.

Emmett war allerdings von hinten gekommen, also versuchte ich, in die Richtung zu schauen. Bot er für mich? War er überhaupt noch im Saal?

„Zehntausend", sagte eine laute, feste Stimme in den hinteren Reihen und mein Herz machte einen Satz. Emmett. Ich würde seinen Bariton immer und überall erkennen.

Meine Wangen wurden rot, während ich in die Richtung seiner Stimme in die dunkle Masse schaute. Sie hätten sich keine boshaftere Herausforderung ausdenken können. Ich stand hier und er war tatsächlich gezwungen, Geld für mich auszugeben. Meine Liebe zu kaufen.

Oder zumindest meinen Körper.

Vielleicht war es das. Vielleicht war es das für mich. Ich konnte nun allen zeigen, wer ich in Wirklichkeit war. Was ich in Wirklichkeit war… Einfach eine Hure, für die man bezahlen musste.

„Fünfundzwanzig. Höre ich…"

„Siebzigtausend", rief eine Stimme von links.

„Achtzigtausend", eine andere, die näher war.

„Eine Million und das hier ist vorbei", sagte Emmett, während er nach vorne eilte.

Ich zitterte und nicht nur, weil ich nackt in einem kühlen Zimmer stand und von dreißig Männern umrundet war. Eine *Million* Dollar?

„Ja, gerne", sagte der Auktionator zu Emmett. Er machte einen Schritt zur Seite und hielt einladend eine Hand in meine Richtung, in Richtung des Objekts. „Genieße deinen Gewinn, bevor wir ihre anderen … Fähigkeiten versteigern. Heute gibt es wirklich viele volle Taschen, die geleert werden wollen."

Emmetts Kinn versteifte sich. Das Funkeln in seinen Augen, als er auf die Bühne trat, ließ mich vor Angst, dass er den Auktionator jeden Moment schlagen würde, erschaudern. Mr. St. Claire war der wichtigste Älteste und der Mann, den Emmett bisher am meisten hatte beeindrucken wollen.

War er wütend, weil er das Geld ausgegeben hatte? Warum hatte er es getan? War es einfach nur sein Stolz gewesen, weil er nicht wollte, dass irgendjemand anderes mich anfasste? Er musst schließlich vor all diesen Männern das Gesicht wahren.

Das war die einzige Erklärung, die ich für sein Handeln hatte. Ich hatte alles, was zwischen uns gewesen war, ruiniert.

Ich hatte allerdings keinen Stolz mehr und ich war fest entschlossen, ihm das zu sagen, was ich mich bisher nicht getraut hatte. Wenn ich nicht den richtigen Moment abpassen konnte, dann musste dieser hier jetzt eben genügen.

Als Emmett nun also vor mir stand und mich vom Licht der Scheinwerfer abschirmte, während Mr. St. Claire die drei Stufen von der Bühne herab ging, ergriff ich die Chance.

„Emmett", begann ich mit zitternder Stimme. „Es tut mir leid. Es tut mir alles so leid. Ich wollte nicht, dass…" Dann schüttelte ich den Kopf. Ich war wütend auf mich selbst, dass ich die Worte verschwendete, wo ich doch keine Zeit hatte. „Ich liebe dich. Ich habe mich in dich verliebt. Alles andere tut mir leid, aber das nicht."

Emmetts Nasenlöcher weiteten sich und seine Augen waren wie Feuer. Drang ich endlich zu ihm durch?

Aber seine Hand kam aus dem Nichts, ergriff mich am Hals. Ich hatte kaum Zeit, Luft zu holen, bevor er zu drücken begann. „Beuge dich über das Pult."

Ich nickte, konnte nicht atmen. Er drückte noch fester und ich hatte verstanden.

Ich hatte keine Kontrolle mehr. Ich konnte nicht länger bestimmen, was hier passierte.

Ich senkte den Blick, nickte, so sehr ich mit seinen dicken Fingern um meinen Hals konnte, und unterwarf mich.

Ich ging hinüber zum Pult. Es war eher ein Schlachtertisch als ein Podium. Ich legte meine Hände darauf, beugte mich vor und ging in Position.

„Zähl", verlangte er. Sein Tonfall war wie ein Peitschenhieb. „Und fleh nach mehr."

Und dann begann er, mir vor dem ganzen Saal den Hintern zu versohlen. Mit jedem *Klatsch*, das von unten gezielt auf meinen Hintern traf, wackelten meine Arschbacken obszön.

„Zwei, kann ich noch einen bekommen, Sir? Drei, kann ich noch einen… Vier!"

Ich stand auf den Zehenspitzen. Dieser Schlag war besonders heftig gewesen. „Kann ich noch einen bekommen, Sir?", brachte ich kaum hervor.

Dann kamen fünf und sechs und ich bekam kaum Luft, während ich nach mehr fragte.

In dem Moment, als ich dachte, dass ich mich langsam an das Tempo und die Intensität gewöhnt hatte, drückten sich plötzlich Emmetts Finger zwischen meine Beine und verlangten Einlass.

Er glitt leicht in meinen geheimsten Platz, weil … ich feucht war. Der Moment, indem seine Hand auf meine Haut traf, begann mein Körper, sich auf ihn vorzubereiten. Er hatte mich in den letzten drei Monaten wirklich gut vorbereitet.

Und die Wahrheit war, dass ich selbst so vor allen präsentiert, unter diesen kranken Umständen … trotzdem nichts dagegen tun konnte. Ich war trotzdem geil. Das hier war, wer ich war, zumindest, wenn Emmetts Hände auf meinem Körper waren. Das war, zu wem er mich gemacht hatte, wer wir zusammen geworden waren.

Als er mich also ohne Rücksicht mit den Fingern nahm, erst mit einem, dann mit zwei, war alles, was ich tun konnte, die Beine weiter zu spreizen, damit er leichter Zugang hatte.

Ich fühlte sein Gewicht an meinem Rücken und dann zog er die Finger aus mir heraus, allerdings nur, um sie mir in den Mund zu stecken. „Schmeck, wie feucht du von meinen Berührungen wirst. Mach meine verdammten Finger sauber."

Gierig saugte ich seine dicken Finger in meinen Mund. Ich fühlte seine Erektion durch seine Anzughose an meinem

Hintern. Ich saugte noch intensiver, bis er mich dazu brachte, nach Luft zu schnappen, weil er meinen Nippel *heftig* mit der freien Hand drehte. Er zog im selben Moment seine Finger aus meinem Mund und dann hatte er beide meiner Brüste in den Händen.

Er war nicht sanft. Er bestrafte meine Nippel. Er zog an ihnen und drehte sie, bis ich schrie. Oh, das schien ihm zu gefallen, denn er machte weiter. Er drängte ein Knie zwischen meine Beine, drückte meine Nippel so fest, kniff so heftig in sie… Zeitgleich schob er das Knie nach oben. Er drehte und kniff. Meine Augen waren geweitet, mein Mund stand vor schmerzhafter Lust offen.

Und dann, plötzlich, ließ er von mir ab, drückte nur das Knie noch fester in meinen Schritt – und ich kam. Ich kam und kam, bis er das Knie wegriss und ich feucht und nach Luft schnappend dastand. Ich war kaum befriedigt, als ich mich ganz auf das Pult legte.

„Du hast die Kleine wirklich gut trainiert", sagte Mr. St. Claire, der wieder auf die Plattform trat, während Emmett noch mehr Abstand zu mir nahm. Ich wollte die Hand nach ihm ausstrecken, aber er ging von der Bühne und verschwand in der Dunkelheit hinter den Scheinwerfen. Heftig atmend und erniedrigt ließ er mich zurück.

Er hatte mich noch nie einfach so zurückgelassen, nachdem ich gekommen war. Normalerweise kümmerte er sich danach gut um mich. Er stellte immer sicher, dass es mir gut ging, dass ich klar denken konnte, dass ich das Gefühl hatte, umsorgt zu werden.

Jetzt allerdings war alles anders. Es würde niemals wieder so sein. Ich versuchte die Tränen, die über meine Wangen liefen, zurückzuhalten, doch ich hatte keine Chance.

Was hatte er vor? Wolle Emmett mich hier komplett

zerstören bei diesem ... bei unserem letzten gemeinsamen Mal?

Für mich war es zu spät. Ich hatte mich unterworfen. Ich würde überall hingehen, wohin mein Herr mich in dieser Nacht bringen wollte. Ich würde in die Tiefen herabsteigen, in denen er mich wollte. Ich würde den Preis dafür bezahlen.

„Ich denke, wir alle wollen diesen kleinen, hübschen, wimmernden Arsch haben, nach dieser Vorstellung. Wer möchte wissen, wie es sich anfühlt, wenn ihre Lippen an einem Schwanz saugen, wie sie es gerade mit den Fingern des Rekruten Emmett getan haben? Das steht als Nächstes zum Verkauf. Wie viel wird geboten, um eine volle Ladung in Ms. Carmichaels Mund zu spritzen? Das Anfangsgebot beträgt fünfzigtausend. Fünfzigtausend höre ich fünfzig..."

„Fünfzig", sagte jemand.

„Ich habe fünfzig. Bietet jemand fünfundsiebzig? Wer bietet fünfundsiebzig? Fünfundsiebzig..."

„Zweihunderttausend", sagte eine Stimme von links.

„Zweihunderttausend, höre ich drei? Dreihunderttausend, wer bietet..."

„Eine Million", ertönte Emmetts Stimme erneut.

Gott, noch mal?

Aber der Auktionator nahm es mit Fassung. „Eine Million. Höre ich eine Million zweihundertfünfzigtausend? Eine Million zweihundertfünfzigtausend? Ich habe eine Million. Bietet jemand eine Million zweihundertfünfzig- tausend?"

Der Saal blieb still und erneut kam Emmett nach vorne. Diesmal allerdings hatte er etwas dabei. Ich hatte keine Ahnung, woher er es hatte, aber er hielt ein Bündel roter Seile.

Mein Blick hob sich, doch er sah mich nicht an.

„Auf die Knie", war alles, was er sagte. Eine kalte Anweisung in meine Richtung. Ich ging auf der Stelle auf den Boden. Ich hatte mich darauf eingelassen, jetzt musste ich mit den Konsequenzen leben. Egal, wie schlimm es zwischen uns war, die Unterwerfung brauchte Vertrauen und ich vertraute ihm. Ich meinte das, was ich sagte. Ich liebte ihn und jemanden zu lieben, bedeutete immer auch Vertrauen. Ich konnte ihm meine Wahrheit durch mein Handeln beweisen.

Ich ging also auf die Knie und als er hinter mich trat, zog er einen Arm hinter meinen Rücken und begann, das Seil darum zu schlingen. Es ging von meinen Handgelenken an meine Knöchel. Ich protestierte nicht ein Mal.

Erst als er fertig damit war, mich zu fesseln und überzeugt davon, dass ich mich kaum noch bewegen konnte, jetzt, wo ich auf den Knien war und meine Arme hinter mir an meine Knöchel gefesselt waren, stand er endlich auf und trat vor mich. Er sah zu mir hinab.

Ich sah zu ihm auf. Unsere Blicke trafen sich einen Moment lang. Es dauerte nur einen Augenblick, bis seine Hände die Knöpfe und den Reißverschluss seiner Hose öffneten. Er holte seinen Schwanz heraus und meine Augen wurden groß. Er war erregt – riesig und so hart, dass es ihm fast wehtun musste. Gott im Himmel, wie lang war er schon in diesem Zustand? Die ganze Zeit über, während er mich gefesselt hatte?

Ich leckte mir über die Lippen und sah dann zu ihm auf.

Er beugte sich herab, sodass sein Kopf auf der Höhe von meinem war. „Schnippen ist dein Safeword. Benutze es nur, wenn du es wirklich so meinst. Ich werde es dir nicht einfach machen. Nicke, wenn du verstanden hast."

Er richtete sich auf. Ich musterte ihn, schluckte schwer und nickte. Mein Rücken war durchgedrückt. So wie er mich gefesselt hatte, wurden meine Brüste in die Luft gereckt. Es war nicht bequem, aber als ich an mir selbst herabblickte, musste ich zugeben, dass es ein unglaublich erotischer Anblick war.

Ich hatte allerdings nur einen Augenblick Zeit zu schauen, denn im nächsten Moment hatte Emmett mein Kinn ergriffen und schob seinen dicken Schwanz zwischen meine Lippen.

Ein Murmeln ging durch die Menge, als er anfing, mein Gesicht zu ficken. Es gab keine anderen Worte für das, was er tat. Er benutzte mich. Er benutzte mich wie eine Sexpuppe. Es war erniedrigend. Demütigend.

Und es machte mich so geil.

Die perfekte Tochter aus Darlington, die zum Cotillion gegangen war, befand sich auf den Knien, während der stärkste, mächtigste Mann im Saal sie gefesselt hatte und ihr Gesicht fickte. Er packte meine Haare und drang ganz in mich ein. Sein Schwanz glitt so weit in meine Kehle, dass ich würgte. Er knurrte und ich wusste, dass ihm das gefiel. Es gefiel auch den anderen Männern im Saal.

Ich schloss also die Lippen um ihn und erzeugte das stärkste Vakuum, was ich konnte, bis Emmett stöhnte und sein Glied herauszog. Ich atmete ein, bevor er wieder in mich glitt.

Ich wünschte, meine Hände wären frei, damit ich mit seinen Eiern spielen und es noch geiler für ihn machen konnte.

Als er das nächste Mal aus mir glitt, riss ich meine Haare aus seinem Griff. Ich ignorierte, dass er mir Haare ausgerissen hatte und beugte mich vor, um eines seiner Eier in den Mund zu nehmen. Er schnappte nach Luft, während ich es mit der Zunge befeuchtete. Dann nahm ich das andere in den Mund.

Er knurrte, aber er ließ mich zumindest ein paar Sekunden länger spielen, bevor er mein Gesicht wieder mit beiden Händen ergriff und seinen scheinbar noch steiferen Schwanz an meinen Mund drückte. Er schob die Spitze, die bereit war zu explodieren, in meinen Mund und zog sie wieder heraus. Ich saugte daran, leckte den Schlitz und bedeckte sie ganz mit dem Mund, übte mit der Zunge Druck auf die Vene unter der Spitze aus.

Das brachte ihn erneut fast um den Verstand. Er hielt mich noch fester, stieß immer wieder in mich, immer wieder.

„Besudle ihre Lippen, Rekrut", rief eine Stimme aus der Menge.

Er zog den Schwanz heraus. Er war so dick, dass er kaum in mich passte. Er sah mir in die Augen und benutzte das Glied wie einen Pinsel, während er meine Lippen mit Lusttropfen benetzte. Meine Brust drückte sich noch weiter in seine Richtung. Ich hätte niemals gedacht, dass ein Blowjob mich so geil machen konnte, aber alles an Emmett tat das. Und Gott, allein ihn zu sehen, wie er seinen unglaublichen Schwanz…

Ich leckte mir über die Lippen, die er gerade mit seiner Essenz bedeckt hatte, und offensichtlich war es das, was das Fass zum Überlaufen brachte. Er drang bis zu den Eiern, die nun gegen mein Kinn schlugen, in mich ein.

Und dann kam er in meinem Hals.

Ich schluckte heftig. Schluckte und schluckte alles, was er mir gab. Er zog den Schwanz allerdings raus, während er noch kam, also tropfte sein Samen auf mein Kinn und auf meine Brust.

Die Menge um uns herum kochte fast über, während er sich überall auf mir verteilte. Er markierte mich als seins, beanspruchte mich auf die primitivste Weise.

Dann verschwand er wieder. Wie zuvor. Ich hatte kaum mitbekommen, dass er ein Taschenmesser hervorgeholt hatte. Die Seile, die mich fesselten, wurden durchgeschnitten und ich war frei. Als ich mich allerdings umdrehte, war Emmett bereits wieder in der Menge verschwunden.

Ich schluckte schwer. Sein Geschmack war noch immer auf meiner Zunge. Ich blinzelte, war überwältigt von all dem, was geschah. Aber ich würde stark bleiben.

Es gab noch immer einen Teil von mir, der noch nicht versteigert worden war.

Meine Muschi kostete zehn Millionen Dollar.

Sie ging erneut an Emmett.

Es gab einen Moment, in dem der Auktionator bei zwei Millionen Dollar pausiert hatte und ich war davon ausgegangen, dass Emmett den Schwanz einziehen würde, aber er bot diese unglaubliche Summe.

In dieser Nacht hatte er zwölf Millionen Dollar für mich ausgegeben. Wahrscheinlich ging das Geld an den Orden. Das Geld kam für Emmett aus der Portokasse, aber es hätte mein Leben von Grund auf verändert. Ich hatte noch immer keine Ahnung, was überhaupt passieren könnte, aber als Emmett wieder auf die Bühne gestiegen und mir gesagt hatte, dass ich mich mit gespreizten Armen und Beinen hinlegen solle, war mir das vollkommen egal.

Mein Herr war hier und das war alles, was in diesem Moment zählte.

Er stand hoch über mir, türmte über meinem ausgebreiteten Körper. Er sah mich nicht an. Seine Augen ruhten auf der Menge.

„Ich möchte meine Brüder rufen, damit sie mir helfen. Montgomery, Beau, Rafe. Walker. Kommt her. Jeder von euch soll mir helfen, sie zu fixieren. Schnappt euch einen Knöchel oder ein Handgelenk. Haltet sie fest, während ich mir meinen Zehn-Millionen-Dollar-Gewinn nehme."

Ich fühlte, wie ich rot wurde, als ein Raunen durch die Menge ging. Ich hob den Kopf nur ein kleines bisschen und sah Bewegung im Raum. Gott, war das sein Ernst? Er würde mich von seinen alten Freunden aus der High-School festhalten lassen, während er … mich nahm?

Das trieb den Voyeurismus wirklich auf die Spitze.

Offensichtlich machte es allerdings keinem der Männer etwas aus, denn eine Hand nach der anderen legte sich auf meine Gliedmaßen. Erst war es mein linker Knöchel, dann der rechte. Eine Hand ergriff mein Handgelenk. Ich sah auf und es war mir einfach nur peinlich, als ich sah, dass Walker St. Claire ein Handgelenk hielt, während Montgomery Kingston das andere ergriff.

Montgomery hielt mein Handgelenk, wendete jedoch den Blick ab. Die Mühe machte Walker sich nicht. Er sah zu mir herab und grinste. Erst als Emmett kam, sah er weg. Emmett zog sein Hemd über seinen Kopf und warf es auf die Bühne. Er zog die Hose nicht aus, knöpfte sie nur auf und schob sie sich über den Hintern.

Irgendwie hatte er schon wieder einen Ständer. Er war der einzige Mann, der mir je begegnet war, der das schaffte. Es waren nur etwa zehn Minuten vergangen, seit er das letzte Mal gekommen war, und trotzdem stand er hier, steinhart.

„Na, kleines Mädchen, wie fühlt es sich an die Hände anderer Männer auf dir zu haben, während ich dich ficke?", flüsterte er in mein Ohr, während sein Körper sich auf meinen senkte. „Sei jetzt ehrlich."

Ich schnappte nach Luft. „Ungewohnt, aber n-nicht schlimm. Ich möchte allerdings nur dich in mir."

Er verschwendete keine Zeit. Nach all den Spielchen an diesem Abend nahm er nun einfach seinen Schwanz und schob ihn in mich.

Er sah zu mir herab, nach links, nach rechts. „Öffnet sie ein bisschen weiter für mich."

Die Hände, die meine Knöchel fixierten, positionierten

sich neu. Ich schnappte nach Luft, als Emmetts Hüften sich weiter auf mich senkten und sein Schwanz noch tiefer in mich drang.

„Macht sie breiter. Schieb die Beine in Richtung Kopf."

Die Hände an meinen Füßen folgten seinen Anweisungen. Sie bewegten meine Beine, während Emmett sich mit seinen starken Muskeln über mich drückte und weiter in mich pumpte.

„Alle, die sie festhalten wollen, können kommen", erklärte Emmett der Menge. „Aber nur mit den Händen. Ich bin der einzige Schwanz, der sie nimmt."

Meine Augen wurden groß und Emmett lächelte mich an. Und die Sache war, dass ich glaubte, dass er sich nur an mir rächen wollte. Ja, wahrscheinlich war noch immer wütend auf mich und vielleicht war das nur ein Test … Aber es machte ihn trotzdem immer noch geil.

Er war wirklich ein kranker Hurensohn und das hier, dem ganzen Saal Befehle erteilen zu können, während er zeigte, wie sehr er mich dominierte … Das war es, wozu Emmett bestimmt war. Kommandieren. Kontrolle.

Und ich wollte ihn mehr als je zuvor. Er brach all die Regeln, die ich mein ganzes Leben gekannt hatte – immer zu tun, was von einem erwartet war, kein Aufsehen zu erregen. Nein, er nahm sich diese alten Wichser vor und schlug sie in ihrem eigenen Spiel. Er übertrumpfte sie und zeigte ihnen, dass man schmutzige, dreckige, erotische Spiele spielen konnte, ohne jemanden zu verletzen. Er war der Reichste und Mächtigste von ihnen allen und er war hier, um ihnen eine Lektion zu erteilen, anstatt einfach nur das zu akzeptieren, was sie ihm mit den Ritualen hatten beweisen wollen. Aber er lud sie trotzdem ein, mitzuspielen.

Ich fühlte, wie sich mein Herz noch mehr weitete,

während Emmett jeden einzelnen meiner Lustpunkte mit jedem Stoß entflammte.

Meine Gliedmaßen wurden weitergereicht. Andere Hände übernahmen meine Beine und die Männer waren nicht so vorsichtig wie meine Freunde aus der High-School. Die neuen Männer nahmen sich Freiheiten heraus. Sie streichelten meine Arme und Beine. Einige Finger kniffen mich.

Aber sie respektierten Emmetts Anweisungen. Niemand schob einen Schwanz in mein Gesicht oder versuchte mir etwas in den Arsch zu stecken. Ha, als ob sie die Möglichkeit überhaupt bekommen hätten, jetzt, wo Emmetts riesiger Körper über mir war.

„Schließ dich Augen", befahl Emmett mir. „Fühl uns. Denk nicht nach. Fühl unsere Hände. Es sind alles meine Hände. Fühl meinen Schwanz. Ich möchte, dass du erschauderst, wenn du immer und immer wieder kommst. Ich möchte, dass sie fühlen, was ich fühle."

„Darf ich kommen, Sir?", bettelte ich.

„Noch nicht", entgegnete er. Seine Hüften bewegten sich nach hinten und trafen wieder auf mich. Seine Eier schlugen gegen meinen Arsch. Gott, ich liebte dieses dreckige Geräusch. Ich liebte das Gefühl, wenn er meinen Gebärmutterhals so traf. Während er sein Glied herauszog, glitt seine dicke Spitze über meinen G-Punkt. Je mehr er mich nahm, desto schwerer wurde es, die Kontrolle nicht zu verlieren.

Ich wand mich, wehrte mich gegen all die Hände, die mich fixierten. Sie mussten wirklich ihr Bestes geben, um mich davon abzuhalten, Emmett anzufassen.

„Bitte, bitte", bettelte ich nicht einmal eine Minute später. „Darf ich bitte kommen."

„Ich weiß nicht, ob du dazu schon bereit bist", sagte Emmett. „Kneift ihr in die Nippel."

Neugierige Hände fanden den Weg an meine Brüste.

Emmett sah mir in die Augen, während Hände mich berührten, sie waren überall. Sie massierten mich, kniffen mich, rieben meinen Hintern, über meine Seiten.

Ich war kurz davor, die Kontrolle zu verlieren. Meine Hände ballten sich zu Fäusten und entspannten sich wieder. „Darf ich bitte kommen, Sir?", schrie ich, verzweifelt.

„Komm", verlangte Emmett. Sein Körper fiel auf meinen, sodass sein Schritt sich gegen meinen Kitzler rieb, während er seinen dicken Schwanz aus mir zog und wieder in mich stieß.

Hinter meinen Augen erschien ein Feuerwerk, als der Orgasmus von meinem Geschlechtstrakt durch meinen gesamten Körper lief. Meine Beine zitterten, so heftig war er, so intensiv, dass nicht einmal all die Hände auf mir dafür sorgen konnten, dass ich still blieb.

Emmett nahm mich weiter. Es war einfach unglaublich und es war eine der intensivsten Erfahrungen meines Lebens.

Da er seit der Zeit zusammen auf unserem Zimmer wusste, dass ich mehr als einmal kommen konnte, verlangte er genau dies auf der Stelle. „Noch einen. Noch heftiger. Stärker. Verdammt noch mal, krasser. *Komm!*"

Das tat ich. Gott, das tat ich. Der erste Höhepunkt war nur ein Vorgeschmack gewesen. Jetzt waren wir beim Hauptgang und ich hatte keine Worte mehr. Konnte nicht mehr denken. Leidenschaft. Sie berührte den Körper, die Seele.

Die Hände drückten mich, massierten mich heftiger, während Schauder durch meinen Körper liefen. Es war erotisch, dass sie mich alle umgaben.

So viele Hände, die alle Emmetts Anweisungen folgten.

Mein Bauch zog sich zusammen, als ich erneut kam. Emmett hielt sich selbst mit einem Arm über mir, während er hinab griff und grob meinen Hintern packte. Er hielt meine Hüfte und meinen Arsch, während er mich auf seinem

Schwanz bewegte. Die anderen Männer halfen ihm bei der Bewegung, bis Emmett sich aufsetze und die Männer mich in dieselbe Richtung zogen.

Sie hoben mich von seinem Schwanz und ließen mich darauf nieder. Immer mehr Männer stiegen auf die Bühne. Einige hatten ihre Schwänze herausgeholt. Sie hielten mich mit einer Hand, während sie sich mit der anderen selbst bedienten. Andere hielten mich ganz, halfen mir, Emmett zu ficken. Sie waren noch immer daran interessiert, neue Stellen meines Körpers zu entdecken. Meinen Rücken, meinen Hintern.

Ich war eine Marionette und sie hatten die Fäden in der Hand.

Bis Emmett sich hinlegte und sie mich hielten, während ich ihn ritt. Emmetts Hände langen auf meinen Hüften und führten mich durch die Bewegung. Ansonsten schien es, als wäre jeder andere Zentimeter meines Körpers von anderen Männern bedeckt.

„Komm", verlangte Emmett erneut.

Oh mein Gott, er würde mich umbringen. Es fühlte sich an, als seien wir ein riesiger, sich bewegender Organismus für Sex auf dieser Bühne. Alle bewegten sich zugleich auf dem Weg zu einem gemeinsamen Ziel.

Natürlich kam ich. Ich hätte es nicht aufhalten können. Ich war so aufgegeilt. Ich war schon so high, dass mich nichts von einem weiteren Höhepunkt abhalten konnte.

Ich warf den Kopf in den Nacken und schrie, während Hände sich auf meine Brüste legten, an meinen Haaren zogen und überall um mich herum Männer mit ihren Schwänzen spielten. Lust erfüllte die Luft.

Als ich mich heftig um Emmetts Länge zusammenzog, schrie er auf und stieß noch tiefer. Ich fühlte, wie sein Samen tief in mich spritzte, aber dann zog er den Schwanz schnell heraus, während noch mehr aus ihm kam. Er bemalte meine Muschi mit dem Rest seines Höhepunktes, bis ich komplett beschmiert war.

Aber er war noch nicht fertig mit mir. Noch lange nicht. Er sah sich um. „Ich bin ein wohlwollender Mann. Alle, die sich meinen Gewinn mit mir geteilt haben, dürfen jetzt kommen, wenn sie wollen, aber nur auf ihre Füße."

Niemand dachte nur eine Sekunde nach. Vielleicht wollte er sie nur bespaßen oder vielleicht waren sie alle so von Emmetts dominanter Natur eingenommen wie ich. Vielleicht war es einfach nur ein neues Spiel und diese Bastarde wollten immer neue, dreckige Dinge ausprobieren.

Woran auch immer es lag, Emmett half mir auf die Beine und stellte sich hinter mich. Hände berührten meine Brüste, während ein Mann nach dem anderen zur Seite der Bühne kam und vor meine Füße masturbierte. Das Sperma spritze um sie herum und landete auf meinen Schienbeinen. Es war, als beteten sie einen Schrein an. Meinen Schrein.

Bis sie alle fertig waren.

Ich hatte erwartet, dass es nun vorbei sein würde, und scheinbar ging es Emmett nicht anders, denn er ergriff meinen Arm, ganz offensichtlich, um mich von der improvisierten Bühne zu führen, als Mr. St. Claire nach vorne trat.

Ich hatte ihn mit rotem Gesicht und verschwitzt wahrgenommen, während er seinen mittelgroßen Schwanz vor mir schrubbte, aber jetzt trug er wieder die Robe der Ältesten und lächelte.

„Wohin willst du gehen, Rekrut? Wir haben noch eine Sache zu versteigern."

„Was gibt es noch?", knurrte Emmett. „Wir haben euch alles gegeben, was ihr wolltet, und mehr."

Emmett war wirklich wütend. Das wusste ich genau, auch wenn er noch immer hinter mir stand. Ich wollte in die Knie gehen und mich verstecken. Das High, das ich nach dieser Erfahrung gehabt hatte, war verflogen und Emmetts wutentbrannte Stimme war wie ein Sprung ins kalte Wasser. Sie vertrieb all die Endorphine, die in mir gewesen waren.

„Das Wichtigste, natürlich. Das letzte Objekt ist Bellamy Carmichaels Hand zur Ehe."

KAPITEL ZWANZIG

Emmett

„Weitere zehn Millionen und dieses Ritual ist vorbei", sagte ich mit zusammengebissenen Zähnen.

Wenn einer der Männer es auch nur wagte, ein Gebot auf Bellamy abzugeben, wären mein Zorn und meine Rache augenblicklich. Ich hatte nur wenige Feinde, aber wenn nötig würde ich mir ohne Zögern einen Raum voller Feinde machen.

Bellamy Carmichael würde keiner anderen Seele gehören. Nicht, solange ich auf dieser Welt war.

Ich würde doppelt so viel geben, wenn ich musste, aber wenn auch nur ein Mann den Mut hatte, es zu versuchen, sie wegzunehmen…

Es ging nicht ums Geld. Ich hatte genug und das, was ich heute Nacht ausgab, würde ich schnell wieder verdienen. Es war die Tatsache, dass ich die Spiele des Ordens des Silbernen Geistes leid war. Ich wollte einfach nur weg von Oleander und ich hatte wahrlich Zweifel daran, ob ich je zurückkehren würde – egal ob ich Mitglied war oder nicht. Ich war es leid, diese Männer zu beeindrucken.

Wieso machte ich mir überhaupt die Mühe? Wieso war es mir wichtig?

Ich brauchte ihre Zustimmung nicht. Aus irgendeinem wahnsinnigen Grund hatte ich sie mir gewünscht.

Heute Abend allerdings ging es nicht um sie. Es ging nicht darum, die Ältesten zu beeindrucken.

Nein … Es ging um Bellamy Carmichael.

Ich konnte so wütend erscheinen, wie ich wollte. Ich konnte behaupten, dass sie mir egal sei. Ich konnte ihr damit drohen zu gehen und alles zu versauen, nicht nur für mich, sondern auch für sie. Ich konnte ihr Leben zerstören und eine Bombe zünden, die dafür gesorgt hätte, dass sie ohne Belohnung aus der Villa gegangen wäre. Und wenn ich vorhin nicht mehr geboten hätte als all die Wichser hier im Saal, dann hätte ich auch zulassen können, dass jeder der mächtigen Männer hier in Darlington County sie benutzt.

Offensichtlich hatte ich dieses Ritual benutzt, um es mir selbst zu beweisen. Meine Freunde hatten mich nicht davon überzeugen können. Es war der Moment, in dem ich Bellamy gesehen hatte, nackt, wunderschön und auf mich angewiesen. Vielleicht war ich noch immer der Idiot, der ich schon in der High-School gewesen war, aber davon ging ich nicht aus.

Als sie mir ins Ohr geflüstert hatte, dass sie mich liebte, hatte ich ihr geglaubt. Außerdem hatte ich ihr beweisen wollen, dass ich kein Feigling war. Ich war bereit, ihr Vertrauen und Liebe zu schenken, egal, ob sie dasselbe für mich tat.

Das war es, was ein echter *Mann* tat.

Ich musste sie beschützen und kein Geld der Welt würde mich davon abhalten, das zu tun.

Sie gehörte mir und es war an der Zeit, dass ich das nicht nur ihr, sondern all den Männern um mich herum bewies.

„Zehn Millionen für die Hochzeit mit Bellamy Carmichael", rief der Älteste St. Claire. „Gibt es weitere Gebote?"

Einen Augenblick lang herrschte Stille. Ich ergriff die Möglichkeit, um Bellamy in die Augen zu schauen. Ich hatte keine Ahnung, was sie dachte, wünschte mir jedoch, es zu wissen. War sie wütend auf mich wegen dem, was gerade passiert war? War sie erleichtert, dass sie heiraten würde? War sie überrascht darüber, nachdem ich sie so behandelt hatte?

„Sehr gut", sagte Mr. St. Claire. „Dir gehört ihre Hand. Von heute an hast du 109 Tage Zeit, dich mit ihr zu verloben und Hochzeitsvorbereitungen zu treffen. Ihr werdet euch auf Oleander das Ja-Wort geben. Emmett, versprichst du mir, dass du das machst?"

Ich nickte. „Das verspreche ich. Wir werden innerhalb von 109 Tagen heiraten."

Die Gehstöcke schlugen auf den Boden und ihr Hall ging mir durch den gesamten Körper.

„Emmett Washington, Bellamy Carmichael, ihr habt beide das Aufnahmeritual bestanden. Emmett, du bist hiermit Mitglied im Orden des Silbernen Geistes. Bellamy, dein Wunsch ist erfüllt worden und Emmett ist dein zukünftiger Ehemann." Er schlug erneut mit dem Stock auf den Boden, um seiner Anweisung Nachdruck zu verleihen.

Ich zog mein Jackett aus und legte es um Bellamys Schultern, weil mir aufgefallen war, dass sie zitterte. Ich hasste, dass sie so nackt im Ballsaal stand, besonders nachdem wir gerade so eine heftige sexuelle Erfahrung gemacht hatten. Ich machte mir selbst Vorwürfe, dass ich es nicht eher getan hatte. Ich zog ihren Körper an mich, um sie aufzuwärmen und atmete erleichtert auf.

Ich wartete nicht ab, dass noch mehr gesagt wurde, sondern führte sie aus dem Ballsaal und hinauf in unser Zimmer, während mir tausende Gedanken durch den Kopf gingen. Genau wie beim Treffen schwerer geschäftlicher Entscheidungen wusste ich, dass ich auch an diese Sache mit Bedacht rangehen musste.

Ein Schritt nach dem anderen.

In diesem Moment musste ich dafür sorgen, dass es Bellamy warm wurde und dass sie aus der Schlangengrube gebracht wurde.

Im Zimmer sah sie auf der Stelle zu mir auf, ihren Körper noch immer fest an meinen gedrückt. „Du musst mich nicht heiraten. Es ist nicht fair, dass ich darum gebeten habe. Du musst dein Wort nicht halten. Es tut mir so leid, dass ich das je gewollt habe."

„Die Ältesten werden sichergehen, dass ich es tue", sagte ich und bemerkte die Anspannung in ihr. „Außerdem ziehe ich alles durch, wozu ich mich verpflichte. Ich habe ihnen gesagt, dass wir innerhalb dieses Zeitrahmens heiraten würde und ich habe vor, mein Wort zu halten."

Sie senkte den Blick zu Boden, während ich sie ins Bad führte, um den Abend abzuwaschen. „Es tut mir leid. Ich weiß, dass ich um die Ehe gebeten habe und … ich habe das nicht durchdacht. Ich habe meiner Mutter erlaubt, für mich zu denken. Ich wollte dich niemals zwingen." Als das Wasser warm war, trat sie darunter und atmete aus. „Wenn wir verheiratet sind und du dein Wort gehalten hast, können wir die Ehe immer noch annullieren, wenn du das möchtest. Ich erwarte nicht, dass du mit mir verheiratet bleibst." Ihr Blick war auf den Boden gerichtet. „Ich kann verstehen, wenn du das nicht möchtest."

„Ich habe nie gesagt, dass ich das nicht möchte."

Sie sah mich überrascht an. „Aber du hast etwas viel

Besseres verdient! Du bist nicht in die Sache reingegangen, um am Ende zu heiraten. Das war nicht das, was du wolltest", sagte sie.

Ich lehnte mich an das Waschbecken und sah ihr zu, wie sie ihre Haare unter das Wasser hielt. „Wieso hast du mir das von deiner Mutter nicht erzählt? Das mit deinem Vater und eurer finanziellen Lage?", fragte ich. Ich musste die Antwort wissen.

„Ich habe mich geschämt", erklärte sie einfach. „Du weißt, wie Darlington ist."

„Aber ich bin nicht Darlington."

Sie drehte den Kopf, um mich durch das Glas der Duschwand anzusehen. „Nein. Du bist gewisslich nicht Darlington. Deine Meinung ist allerdings wichtiger als alles andere. Also habe ich alles getan, damit sie sich nicht ändert." Sie seufzte. „Am Ende hat das dazu geführt, dass du mich hasst. Du hattest das Recht, die Wahrheit zu erfahren. Meine Wahrheit."

„Ich hasse dich nicht", gestand ich. „Das Gegenteil ist der Fall."

Sie stellte das Wasser ab und ich reichte ihr ein Handtuch. Ihre Hand berührte die meine und ich fühlte, dass mein Körper wieder erwachte. „Das Gegenteil?", fragte sie und ihre Stimme zitterte.

„Ich liebe dich, Bellamy." Ich nahm sie in den Arm und drückte sie fest an mich. Ihr Körper war nass und dampfte. „Ich habe dich immer geliebt ... Seit dem Moment, als ich dich zum ersten Mal in der High-School beim Lunch gesehen habe."

„Ich liebe dich", murmelte sie an meiner Brust, während ihre Haare mein Oberteil durchnässten. Es war mir egal. Sie in den Armen zu halten, bedeutete alles. „So sehr."

„Ich wünschte, ich hätte es gewusst", murmelte ich in ihre Haare. „Ich hätte geholfen."

Sie schüttelte den Kopf, wobei ihr Gesicht noch immer an meine Brust gedrückt war. „Das hätte ich nie von dir erwartet." Sie löste sich von mir und sah zu mir auf. „Und das tue ich noch immer nicht. Ich weiß, dass du jemand bist, der sein Wort hält, aber es ist nicht fair, von dir zu erwarten, dass du mich aus Zwang heiratest."

„Es ist kein Zwang", warf ich ein. Ich senkte die Lippen und küsste sie sanft auf die Stirn. „Ich hätte niemals auf deine Hand zur Ehe geboten, wenn ich nicht vorgehabt hätte, sie auch zu nehmen."

Sie stöhnte und drückte ihr Gesicht wieder in meine Brust. „Das war so viel Geld. Du hast heute Abend so viel Geld ausgegeben ... für mich."

„Und ich würde es immer wieder tun."

„Wieso?" Ihre Stimme war zerbrechlich und kaum mehr als ein Flüstern.

„Weil *du* es verdient hast. Du hast es verdient, beschützt, geliebt und umsorgt zu werden. Du hast verdient, zu wissen, wie wertvoll du bist." Das alles war so leicht zu sagen, jetzt, wo ich es mir erlaubte. Ich sah die Ungläubigkeit, die sich in ihrem Gesicht einen Kampf mit der Freude lieferte und das war es wert. Ich würde sie dazu bringen, mir zu glauben, und zwar jeden Tag für den Rest ihres Lebens, wenn es sein musste.

Bellamy atmete tief ein und machte einen Schritt nach hinten. Sie hatte das Handtuch fest um sich geschlungen und die nassen Haare fielen auf ihren Rücken. Ihr Make-up war abgewaschen und ich hatte sie noch nie schöner gefunden als in diesem Moment.

„Also, was jetzt? Was machen wir jetzt?", fragte sie.

„Wir verschwinden von Oleander, sobald du angezogen

bist. Ich kann es kaum erwarten, von hier wegzukommen. Und dann gehen wir nach Hause – zu mir nach Hause. Das wird bald *unser* Zuhause sein. Und morgen früh werden wir uns mit deiner Mutter an einen Tisch setzen und eure finanzielle Situation in Ordnung bringen. Ich habe vor, alles in Ordnung zu bringen."

„Das kann ich nicht von dir erwarten", flüsterte sie noch immer ungläubig. „Ich weiß, dass das der Plan war, als Mutter und ich beschlossen, dass ich eine der Schönheiten werden würde, aber..."

„Das ist für mich keine große Sache. Ich möchte es machen. Nicht nur, weil ich es machen kann oder weil es ein Teil des Deals des Aufnahmerituals war, sondern weil ich es will. Ich will es wirklich machen. Deine Mutter wird Teil meiner Familie sein. Ich kümmere mich um meine Familie. Und auch wenn ich nicht glücklich darüber bin, dass sie dich in diese Lage gebracht hat und obwohl ich einige Ressentiments hege, wegen der Art und Weise, wie sie dich behandelt hat, ist sie trotzdem deine Mutter. Damit ist sie eine Frau, die den Respekt von Darlington verdient hat. Das ist keine große Sache."

Ich nahm ihre Hand, führte sie aus dem Bad und griff nach meinem Koffer. Sie tat es mir gleich und begann sich anzuziehen.

„Was ist also eine große Sache?", fragte sie. Sie lachte, als könnte sie noch immer nicht glauben, dass das hier passierte, während sie das Kleid über ihren Kopf zog. „Du hast ein paarmal gesagt, dass es *keine* große Sache sei, was mich glauben lässt, dass es eine große Sache gibt."

„Vor uns liegen einige Herausforderungen." Ich begann mit dem Packen, denn ich wollte keine Sekunde länger in diesem Zimmer bleiben, als nötig war.

„Meinst du mich? Das Zusammenleben?"

Ich lachte laut. „Nein, wir haben eine große Herausforderung vor uns und ich weiß nicht, ob wir das durchstehen werden."

Sie hielt inne und sah mich besorgt an. „Was?"

Ich durchquerte das Zimmer und ergriff ihre Hände. „Wir haben nur 109 Tage Zeit, um die Hochzeit zu planen. Ich habe das Gefühl, dass deine Mutter und du … Nun, ich habe ein wenig Sorge, dass du zu Bridezilla werden wirst…"

Bellamys Gesicht erstrahlte. Sie lachte und schüttelte den Kopf. „Ich verspreche, dass ich das nicht tun werde … Okay, ich verspreche nichts. Vielleicht werde ich das tun. Ich werde aber versuchen, brav zu sein und meine Mutter an der kurzen Leine zu halten." Sie lachte erneut und warf mir die Arme um den Hals. „Ich weiß nicht, wieso ich das Glück habe, dich in meinem Leben zu haben, Emmett Washington."

„Weil du dich entschieden hast, eine Schönheit zu werden", gab ich die offensichtliche Antwort. „Und weil ich klug genug war, dich auszuwählen."

„Ich habe dich auch ausgesucht", sagte sie, während sie auf die Zehenspitzen ging, um mich zu küssen.

„Und ich werde dich immer aussuchen. Immer und immer wieder."

Unsere Lippen trafen aufeinander und nichts, was ich bisher probiert hatte, hatte so gut geschmeckt.

EPILOG

Walker St. Claire

Ich hatte schon lange kein Bier mehr mit den Jungs trinken können. Wir waren mit den Ritualen, mit unseren Leben und … nun, all dem beschäftigt, also war es schön, endlich mal wieder mit meinen Freunden zusammen zu sitzen.

„Ich kann nicht glauben, dass du in einer Woche heiraten wirst", sagte ich zu Emmett. „Wie fühlt es sich an?"

Emmett lachte, nahm einen Schluck von seinem Bier und antwortete dann: „Ich bin erleichtert. Die Planung mit meiner Schwiegermutter war so ziemlich die Hölle. Ich meine, ich mag die Frau, aber das war nicht leicht. Sie möchte, dass die Hochzeit perfekt wird."

„Nun, sie hat nur eine Tochter", gab Montgomery zu bedenken. „Und wir sind in Darlington County."

„Ich kann nicht glauben, dass ihr euch alle Frauen ange- lacht habt oder kurz davor seid", sagte ich. Ich war über- rascht, dass all meine Freunde in so kurzer Zeit ihren Status geändert hatten. „Es ist ein wenig so, als sei Oleander zu einer Hochzeitsfalle geworden oder so. Was ist mit der Tradition, dass es ein Haus der Sünde und der Ausschweifungen ist?"

„Oh, glaub mir", sagte Rafe mit einem Schnauben. „Es ist all das und noch viel mehr."

„Ja, warte nur ab, bis du dran bist", fügte Beau hinzu. „Du wirst schon sehen."

„Ich habe das Gefühl, dass sich etwas ändern muss", sagte Montgomery. Sein breites Lächeln war seinem gewohnten, ernsten Ausdruck gewichen. „Wenn wir alle Mitglieder sind…" Er sah mich an. „… Und auf dem Weg zu den Ältesten zu werden, müssen wir etwas ändern. Es ist abartig."

„Du hörst dich an wie Sully", zog ich ihn auf. „Und ich bin eher traditionell. Ich finde nicht, dass man alles modernisieren muss. Manchmal sollte man einfach die Geschichte respektieren."

„Sully hat recht", sagte Montgomery schnell. „Du hast es noch nicht gesehen. Du hast noch nicht durchgemacht, was wir alle erlebt haben. Du wirst es bald verstehen und ich glaube nicht, dass du dann noch so traditionell sein wirst, wie du denkst."

„Nun, es kann nicht alles schlimm sein, wenn ihr alle die große Liebe während des Aufnahmerituals gefunden habt." Ich zuckte mit den Schultern und nahm einen weiteren Schluck Bier. „Meine Aufnahme wird allerdings ganz anders werden als eure. Ich kann keine der Schönheiten heiraten. Ich kann mir nicht einmal vorstellen, mit einer bis zum Ende zu gehen. Anders als ihr alle, muss ich an meinen Ruf denken und ich wie ich am Ende dastehe, wenn alles vorbei ist. Ich kann nicht Bürgermeisterkandidat werden, wie ich mir wünsche, wenn mein Ruf ruiniert ist. Ich kann nicht riskieren, dass meine zukünftige Ehefrau einen besudelten Ruf hat, der mich Stimmen in Darlington kosten könnte. Ihr wisst schon, die Abstammung, der Name ... alles ist politisch.

Meine Freunde verdrehten die Augen, nahmen es mir jedoch nicht übel. Sie wussten, wie wichtig mir die Politik war. Ich war schon von Geburt an darauf vorbereitet worden, denselben Weg einzuschlagen wie mein Vater. Das war, wer ich war. Meine gesamte Identität.

Oleander, der Orden des Silbernen Geistes und das Aufnahmeritual waren der letzte Schritt auf dem Weg. Ich musste Mitglied werden, um die Unterstützung zu bekommen, die ich brauchte, um die Stimmen zu kriegen, damit ich gewinnen konnte.

„Ich bin sicher niemals davon ausgegangen, dass ich nach dem Aufnahmeritual eine Hochzeit planen würde", sagte Emmett. „Du wirst sehen, wie viel deines Schicksals wirklich in deinen Händen liegt, wenn du hinter den Mauern bist. Dazu bringt Oleander einen. Es ist außerdem nicht selbstverständlich, dass du es schaffst, nur weil dein Vater einer der Ältesten ist. Es wird viele Rituale geben, die du nicht machen möchtest und dann kann dir selbst dein Daddy nicht helfen."

Ich nickte zustimmend, auch wenn ich ihm keinen Glauben schenkte. Ich hatte wirklich das Gefühl, dass es bei den Ritualen nur noch um die Regeln ging. Sie waren zur Show. Ich würde Mitglied werden und kurze Zeit später einer der Ältesten. Auch darauf war ich vorbereitet worden.

Es gab eine große Wahrheit, die zutraf, wenn man in Darlington geboren wurde und aufwuchs.

Dein eigenes Buch des Lebens und jedes der Kapitel war bereits verfasst.

Es war nicht erlaubt, es umzuschreiben.

Eineinhalb Monate später

„Was meinst du mit ‚sie hat aufgegeben'?" Verständnislos blickte ich in Mrs. Hs besorgtes Gesicht.

„Sie ist mitten in der Nacht zu mir gekommen und hat mich angefleht, dich nicht aufzuwecken. Sie hat gesagt, dass sie nicht weitermachen kann."

Ich sprang aus dem Bett aus und schaute auf die leere Stelle neben mir. Dort sollte eigentlich meine Schönheit sein.

Die Schönheit, die mich scheinbar gerade im Regen stehengelassen hatte.

„Hat sie gesagt, warum?" Ich ließ die Hände durch mein Haar gleiten und griff dann nach meiner Hose. Ich trug nur Boxershorts, aber das war mir vor Mrs. H nicht sonderlich peinlich. Vielleicht konnte ich das Mädchen finden und sie umstimmen, bevor irgendjemand davon erfuhr…

„Die Ältesten wissen es bereits. Sie warten unten. Sie haben ein Treffen einberufen und wollen entscheiden, was nun mit dir passiert."

Scheiße. Ich setzte mich wieder auf das Bett und sah hilflos zu Mrs. H hinauf. „Was hat sie ansonsten gesagt? Ich dachte nicht, dass es so schlecht lief."

Es stimmte. Zwischen mir und meiner Schönheit, Sarah war es nicht so magisch gelaufen wie bei all meinen Freunden. Sie alle hatten die wahre Liebe gefunden und bei Sarah und mir war es … Nun, okay gewesen. Alles war okay.

Wir hatten keine schrecklichen Rituale gehabt, bei denen es um ihr Leben ging oder so etwas in der Art. Sie hatte beim Tattoo keine Panik bekommen. Sie schien den Sex zu mögen und ansonsten wollte sie nichts weiter als fernzusehen.

Das war mir recht. Ich musste arbeiten. Ich dachte wirklich, dass es gut lief, dass wir beide das bekamen, was wir wollten.

Aber jetzt war sie einfach gegangen und hatte mich einfach hier zurückgelassen.

Was zur Hölle?

„Sie hat nichts weiter gesagt und es ist nicht wichtig. Du solltest dich beeilen, mein Lieber", sagte Mrs. H, wobei Sorgenfalten ihre Stirn überzogen. „Sie warten auf dich. Dein Vater scheint nicht sonderlich begeistert zu sein."

Ich schluckte und stand auf.

Kein Umschreiben. Und jetzt war es an der Zeit, herauszufinden, was das Schicksal für mich geplant hatte. Offensichtlich war meine Zukunft tatsächlich eine vollkommen andere, als ich mir selbst erträumt hatte.

Bisher war kein St. Claire am Aufnahmeritual gescheitert, und zwar seit sechs Generationen.

Bis ich kam.

Hast du Lust auf eine Bonusszene mit einem Ritual zwischen Grace und Montgomery, dass dich wirklich schockieren wird? Für eine extra-heiße und dunkle Bonusszene, die so dreckig ist, dass sie es nicht einmal ins Buch geschafft hat, musst du jetzt nur hier KLICKEN...

EBENFALLS VON STASIA BLACK

Eine dunkle Stieffamilien-Liebesgeschichte

Daddys Süßes Mädchen (geni.us/DaSuMa-DE-w)

Dunkle Liebe im Geheimbund-Reihe

Elegante Fehltritte (geni.us/ElFe-DE-w)

Wunderschöne Lügen (geni.us/WuLu-DE-w)

Unzähmbares Verlangen (geni.us/UnVe-DE-w)

Geerbte Bosheit (geni.us/GeBo-DE-w)

Durchtriebene Rache

Ungezügeltes Verderben

Die Heirats-Verlosungen-Reihe

Von Ihnen Beschützt (geni.us/VoIhBe-DE-w)

Von Ihnen Vergnügt (geni.us/VoIhVe-DE-w)

Von Ihnen Geheiratet (geni.us/VoIhGe-DE-w)

Von Ihnen Angestachelt (geni.us/VoIhAn-DE-w)

Von Ihnen Freigekauft (geni.us/VoIhFr-DE-w)

Die Heirats-Verlosungen Box-Set

(geni.us/DiHeVe-DE-w)

Die Ländliche Leidenschaft-Reihe

Die Jungfrau und das Biest

(geni.us/DiJuUnDaBi-DE-w)

Hunter (geni.us/Hunter-DE-w)

Die Jungfrau von nebenan (geni.us/DiJuVoNe-DE-w)

Reece (geni.us/Reece-DE-w)

Jeremiah

Die Düstere Liebe-Reihe

Gefährliche Leidenschaft (geni.us/GeLe-DE-w)

Zerbrechliche Herzen (geni.us/ZeHe-DE-w)

Düstere Liebe Box-Set (geni.us/DuLiBo-DE-w)

Wohliger Schmerz (geni.us/WoSc-DE-w)

Die Liebe des Biestes-Reihe

Die Gefangene des Biestes (geni.us/DiGeDeBi-DE-w)

Die Rache des Biestes (geni.us/DiRaDeBi-DE-w)

Die Liebe des Biestes (geni.us/DiLiDeBi-DE-w)

In den Fängen des Biestes (Box-Set)

(geni.us/InDeFaDeBi-DE-w)

Die Unschuld-Reihe

Unschuld (geni.us/Unschuld-DE-w)

Das Erwachen (geni.us/DaEr-DE-w)

Königin der Unterwelt (geni.us/KoDeUn-DE-w)

Unschuld: Die komplette Trilogie (Box-Set)

(geni.us/UnBo-DE-w)

EBENFALLS VON ALTA HENSLEY

Top Shelf Series

Bastarde & Whiskey (amazon.de/dp/B089GSNK3Q)

Verbrecher & Wodka (amazon.de/dp/B08BNFG2M6)

Schurken & Scotch (amazon.de/dp/B08CCGNSVC)

Teufel & Roggen (amazon.de/dp/B08DNTXY8Y)

Bestier & Bourbon (amazon.de/dp/B08GVGRWT3)

Sünder & Gin (amazon.de/dp/B08L12RXGD)

Captive Vow - Auf Ewig Dein (amazon.de/dp/B08GN8WPV6)

Die Wahrheit über Cinder (amazon.de/dp/B08LQ78NLQ)

Naughty Girl (amazon.de/dp/B08NCNQQK8)

Dark Fantasy Series

Schneewittchen & Die Sieben Jäger (amazon.de/dp/B089HJWZFB)

Rot Und Die Wölfe (amazon.de/dp/B089K8F2P5)

Die Königin Und Die Männer Des Königs
(amazon.de/dp/B089KCGRQR)

ÜBER STASIA BLACK

STASIA BLACK ist in Texas aufgewachsen. Nach fünf kurzen frostigen Jahren in Minnesota und ist nun glücklich im sonnigen Kalifornien beheimatet, das sie niemals wieder verlassen wird.

Sie liebt es zu schreiben, zu lesen, sich Podcasts anzuhören und nach einer zwanzigjährigen Pause hat sie kürzlich wieder mit dem Radfahren angefangen (und hat die entsprechenden Beulen und blauen Flecken, die das beweisen). Sie lebt mit ihrem persönlichen Cheerleader, aka ihrem gutaussehenden Ehemann und ihrem Teenager zusammen. (Wow, jetzt fühlt sie sich alt.) Und über sich selbst in der dritten Person zu schreiben, lässt sie ein wenig wie eine Spinnerin aussehen. Aber gut, wo waren wir?

Stasia fühlt sich zu romantischen Geschichten hingezogen, die sich nicht für den leichten Weg entscheiden. Sie will hinter die Fassade der Menschen blicken und ihren dunkelsten Stellen herausfinden, ihre verdrehten Motive und tiefsten Bedürfnisse. Im Grunde will sie Charaktere erschaffen, die die Leser abwechselnd lachen und weinen lassen und sie am liebsten ihr Kindle quer durch den Raum werfen wollen, nur um dann bekanntzugeben, dass sie einen neuen BBF (Besten-Bücher-Freund) haben.

Newsletter: geni.us/SBA-nw-de-cont-w
Website: stasiablack.com
Facebook: facebook.com/StasiaBlackAuthor

Twitter: twitter.com/stasiawritesmut
Instagram: instagram.com/stasiablackauthor
Goodreads: goodreads.com/stasiablack
BookBub: bookbub.com/authors/stasia-black

ÜBER ALTA HENSLEY

Alta Hensley ist eine Bestsellerautorin für heiße, dunkle und schmutzige Romantikbücher. Sie ist auch eine Amazon Top 100 Bestseller-Autorin. Als mehrfach veröffentlichte Autorin im Genre Romantik ist Alta bekannt für ihre dunklen, groben Alpha-Helden, manchmal auch süßen Liebesgeschichten, tabuisierten Unterthemen und spannenden Geschichten über den ständigen Kampf zwischen Dominanz und Unterwerfung.

Alta liebt es auch über soziale Medien mit ihren Lesern in Kontakt zu sein. Sie lädt alle ein, sich ihrem Facebook-Raum namens Altas Hot, Dark & Dirty Romance-Raum anzuschließen.

Newsletter: readerlinks.com/l/727720/nl
Website: www.altahensley.com
Facebook: facebook.com/AltaHensleyAuthor
Twitter: twitter.com/AltaHensley
Instagram: instagram.com/altahensley
BookBub: bookbub.com/authors/alta-hensley